ताली

(उपन्यास)

डॉ. किशोर सिन्हा

नोशन प्रेस, चेन्नई

ताली (उपन्यास)
डॉ. किशोर सिन्हा
प्रथम संस्करण- जून, 2023
© डॉ. किशोर सिन्हा

संपर्क :
'साक्षी हैं शब्द' ग्लोबल मंच
kishoresinhaair@gmail.com
मूल्य : **200** / − रुपये

शब्द-सज्जा तथा आवरण
डॉ किशोर सिन्हा

TAALI (Novel)
Writer : Dr Kishore Sinha

ISBN NO-9798890662248

डॉ० किशोर सिन्हा

लेखक-निर्देशक-अभिनेता, संगीतकार
फ़िल्मकार, मीडिया-विशेषज्ञ, रेकी-हीलर

प्रकाशित पुस्तकें

1. सामयिक हिन्दी निबंध *(निबंध संग्रह)*–1987.
2. रेकी *(प्राणिक चिकित्सा)*–2000.
3. विरासत *(रेडियो रूपक-संग्रह)*–2001.
4. हिन्दी की आंचलिक कहानी : परंपरा और प्रयोग *(आलोचना)*–2002.
5. नारी ! तुम केवल श्रद्धा हो *(कामायनी की नाट्य-रचना)*–2005.
6. रेडियो प्रसारण की नयी तकनीक *(मीडिया)*–2010.
7. चारूलता *(रवीन्द्रनाथ ठाकुर की कहानी 'नष्टनीड़' का नाट्य-रूपान्तर)*–2014.
8. अपनी कथा कहो... *(छः मंचीय नाटक)*–2018.
9. नई कहानी, पुराना पाठ : वाया व्हाट्स-एप *(कहानी-संग्रह)*–2020.
10. एक बंदी की डायरी *(आत्मानुभव)*–2020
11. तीस साल लम्बी सड़क *(आत्मानुभव)*–2021 *(पुरस्कृत)*
12. फ़ेड इन... फेड आउट *(आत्मानुभव)*–2021 *(पुरस्कृत)*
13. आओ धरें एक पग और *(कविता-संग्रह)*–2022
14. नील-दर्शन और एक ख़ामोश नज़्म : अमृता प्रीतम *(दो रंग नाटक)*–2022
15. उपेन्द्र नाथ रैणा : बहुआयामी सर्जक व्यक्तित्व *(संपादित)*–2022
16. रेडियो प्रसारण : नये संदर्भ, नयी भूमिका *(मीडिया)*–2022
17. अज़ीमाबाद की खुशबू *(ग़ज़ल-संग्रह : आर. पी. 'घायल')* संपादित–2022
18. समंदर पार इन्द्रधनुष (प्रवासी भारतीय लेखिकाओं की कवितायें– *संपादित*–2022

विशेष

1. आकाशवाणी और दूरदर्शन के लिए 25 से अधिक धारावाहिकों, 45 से अधिक नाटकों तथा 35 से अधिक रूपकों/डॉक्यूमेन्ट्री का लेखन, निर्देशन तथा प्रस्तुतीकरण एवं अभिनय।

2. मौलिक तथा रूपान्तरित नाटकों को मिलाकर लगभग दस से अधिक रंग-नाटकों की रचना, छः से अधिक नाटकों का निर्देशन, लगभग पन्द्रह नाटकों में अभिनय और चौदह नाटकों में पृष्ठभूमि-संगीत।

3. ‘कोरोना-काल’ तथा ‘लॉक-डाउन’ से अबतक कविताओं पर आधारित तथा स्वतंत्र विषयों पर, एनिमेशन फ़िल्म-सहित, लगभग १३० लघु-फ़िल्मों/डॉक्यूमेन्ट्री का निर्माण।
4. ‘फ़ेसबुक लाइव’ के ज़रिए ‘साक्षी हैं शब्द’ पटल पर अबतक कला, साहित्य, संगीत, फ़िल्म तथा खेल से जुड़े, देश के ११० से भी अधिक चर्चित व्यक्तित्त्वों से लाइव साक्षात्कार।

सम्मान/पुरस्कार

1. लोक सेवा प्रसारण का राष्ट्रीय पुरस्कार-२००२. (प्रसार भारती, सूचना एवं प्रसारण मंत्रालय) द्वारा आयोजित लोक सेवा प्रसारण पुरस्कार में गांधी दर्शन पर प्रथम पुरस्कार।
2. बिहार आर्ट थियेटर, कालिदास रंगालय, पटना द्वारा श्रेष्ठ रंगकर्मी का अनिल कुमार मुखर्जी शिखर सम्मान।
3. ’प्रांगण’, पटना द्वारा रंगमंच और साहित्य के लिये डॉ. चतुर्भुज स्मृति सम्मान।
4. बिहार हिन्दी साहित्य सम्मेलन द्वारा ‘प्रफुल्लचन्द्र ओझा मुक्त सम्मान’।
5. समकालीन साहित्य मंच, मुंगेर द्वारा ‘लाला जगत् ज्योति प्रसाद सम्मान’।
6. रिज़ल्ट ओरियेंटेड कोचिंग इंस्टीच्यूट, पटना सिटी द्वारा साहित्य-सेवा सम्मान।
7. बिहार गौरव सम्मान (नयी दिशा परिवार द्वारा)।
8. आकाशवाणी वार्षिक पुरस्कार-२०१७ के अन्तर्गत ‘विज्ञान कार्यक्रम श्रेणी’ में विज्ञान नाटक ‘वेव एलियन्स’ के लिये ‘सर्टिफ़िकेट ऑफ़ मेरिट’ पुरस्कार।
9. आत्मकथा ‘तीस साल लम्बी सड़क’ तथा ‘फ़ेड इन.... फ़ेड आउट’ के लिए जयपुर साहित्य सम्मान-२०२२।
10. हिन्दी कल्चरल सेंटर, टोकियो (जापान) द्वारा ‘हिन्दी भूषण सम्मान’-२०२३.

लेखकीय...

ये मेरा पहला उपन्यास है। प्रचलित अर्थों में शायद सुविज्ञ लोग इसे उपन्यास ना मानें या 'साहित्यकार–खेमा' इसे स्वीकार ना करे (अपनी–अपनी 'सुविधा' एवं 'सरोकारों' से स्वीकारने या नकारने का चलन बढ़ गया है इन दिनों).... पर, मेरा मानना है कि कोई भी लेखन किसी की स्वीकृति से न आगे बढ़ता है, न अस्वीकार करने से वह रुकता है। रचना अपने दम पर, अपने कौशल से आगे बढ़ती है। फिर रचना तो नित नये–नये प्रयोगों की ही पक्षधर रही है। यदि विधाओं में विषयवस्तु तथा शिल्प के स्तर पर प्रयोगों की धारा नहीं बही तो वो जड़, मरुथल हो जायेगी। इस उपन्यास को भी यदि नये प्रयोग के नज़रिये से देखा जायेगा, तो समीक्षकों/आलोचकों को इसमें बहुत कुछ मिलेगा, ऐसा मेरा विश्वास है।

जिस विषय को उपन्यास का आधार बनाया गया है वह विषय–मात्र नहीं, बल्कि एक समस्या है कि कैसे किसी समाज का कोई टुकड़ा, बृहत्तर समाज और सांस्कृतिक परिवेश के बीच रहकर भी एक द्वीप की भांति अलग–थलग ही नहीं पड़ता, बल्कि उपेक्षा, लांछन और बेचारगी की ज़िंदगी जीने के लिए मजबूर भी होता है। जिनके दर्द का कोई पैमाना नहीं, जिनकी सुबह जद्दोज़हद से शुरु होती है और रात तनहाई की आवाज़ से ख़त्म होती है। समाज के फिकरों, तानों और उपेक्षा के दंश को झेलती हुई भी ये ज़िंदगियां मुस्कुराती हैं, रस बरसाती हैं, दुआओं के लिये हाथ खड़े करती हैं, नाचती हैं, गाती हैं, इठलाती हैं, दूसरों की खुशियों में अपनी खुशियां ढूंढ़ती हैं.....

कुछ अक्षर जीवन के कोरे पन्नों पर गिरते हैं और पेड़ बन जाते हैं... और कुछ अक्षर मासूम देह पर दर्द की स्याही से लिखे जाते हैं, ना जाने कितने सूरज डूब चुके.... ना जाने कितनी शामें हो गयीं ख़फ़ा.... पर ये हैं कि जिये जा रहे हैं..... अपने वजूद के लिये लड़े जा रहे हैं....।

इनकी ज़िंदगी चीख़ों से भरी सलीब है, इनकी खुद की ही छाती पर ठुकी हुई। इनके लिये, इनकी हर कहानी जैसे खुद को ढूंढ़ने की कोशिश है; हर सिसकी अपने आप को सुनने की आदत, हर रंग अपने वजूद को तलाशने का ज़रिया।

ये ज़िंदगियां.... बेहिसाब तनहाई में खुद को अपनी ही उंगलियों पर गिनती हैं.. अपनी आत्मा के दरवाज़े पर रोज़ दस्तक देकर अपना नाम पूछती हैं।

ये पछीटती हैं अपने दर्द को... दिन–रात.... सुखाती हैं अनकहे लमहों को वक़्त की परछाईं में..... और थपकती हैं खुद को, खुद के ही तसल्ली–भरे हाथों से.....

तो दर्द की बेहिसाब स्याही से ऐसी ज़िंदगियों की दास्तान लिखने की मैंने कोशिश की है। इसमें कितनी सफलता मिली है, इसका फ़ैसला मैं आप पाठकों पर छोड़ता हूं।

जून–2023
मेल–kishoresinhaair@gmail.com

समर्पित....

अमृता सोनी
रेशमा प्रसाद
डिम्पल यास्मीन
और
अनुप्रिया सिंह सहित
पूरी ट्रांसजेंडर कम्युनिटी को
जो अपने हक़ की लड़ाई आज भी लड़ रही हैं....

“सर पे दुपट्टा लेके बैठना, शरमाना, चलते वक़्त कमर में एक लचक लाना.... ये एक अलग ही बचपन था.... वो जो बचपन हम जी रहे थे तो इस समाज ने भी उस वक़्त ऐसे ताने खींच दिये कि वो बचपन भी छिन गया।”....

“वही गुरु लोग थे जो मेरा क़दम-क़दम पे मुझे नोच रहे थे... कि अगर पढ़ाई करनी है तो बेटा अब शाम को हमारा.... जब आप बार में जाकर लोगों का दिल बहला सकती हो तो ऑफ़ पीरियड में हमारा दिल क्यों नहीं बहला सकती। हम भी पैसे देंगे।”.....

“मैं अगर सीधे से एक औरत की तरह से चलना भी चाहूं तो मुझे औरत की तरह से लोग चलने भी नहीं देना चाहते हैं........ पैदल आना पड़ता है.... थोड़ा-सा वो बिना बताये, मेरे पीछे तालियां बजाते हैं, जैसे कि मेरी ताली ही पहचान हो... ताली कौन नहीं बजाता है, जब भाषण होते हैं तो ये ताली किसकी होती है...?”

(इसी उपन्यास से)

आज फिर एक लाश गिरी है।

पिछले पन्द्रह दिनों में ऐसा दूसरी बार हुआ है।

चौराहे पर ये लाश पता नहीं कितने घंटों से पड़ी है। ख़बर मिलते ही श्रुति को फ़ोन किया कि ब्रेकिंग न्यूज़ चला दे और मैं भागा डाकबंगले चौराहे की तरफ़।

जैसा कि ऐसे मामलों में होता है, लाश को घेरकर एक भीड़ खड़ी थी। पुलिस का एक अफ़सर उन्हें समझाने की कोशिश कर रहा था, पर वे मानने को तैयार नहीं थीं। अपने अंदाज़ में ताली बजा–बजाकर उनका प्रतिरोध जारी था।

निकट पहुंचकर मैं कैमरा लेकर तैयार हो गया। भीड़ में मुझे कुछ परिचित चेहरे नज़र आये– रंजू, सोनिका, तान्या.... इनके अलावा, मीडिया के कुछ साथी...। वे सब ज़ोर–ज़ोर से नारे लगा रही थीं, ''पुलिस प्रशासन.... हाय... हाय...''; ''पुलिस प्रशासन.. हाय.. हाय...''; ''ज़ुल्म का बदला लेके रहेंगे.... लेके रहेंगे.... लेके रहेंगे....''

सोनिका, तान्या, रंजू.... और इनके साथ एक और नाम था रंजीता का। इनसे मेरी भेंट चार साल पहले बिहार दिवस के समारोह में हुई थी। इनकी संस्था का एक स्टॉल वहां लगा था। हालांकि तबतक मुझे ये पता चल चुका था कि उनके ये नाम असली नहीं हैं। फिर भी मैं इनके हर समारोह को कवर करता आ रहा था। एकाध दफ़े मैंने उनसे कहा भी कि मेरे यू–ट्यूब चैनल के लिए इंटरव्यू दे दें, पर ''हां, सर जी... हम ज़रूर देंगी इंटरव्यू...'' से बात कभी आगे नहीं बढ़ पायी थी।

तबतक सोनिका मुझे देख आगे बढ़ आई थी, ''देखो न सर जी, हमारी अंशु को पता नहीं किसने मार डाला....'' उसकी आंखें गुस्से से उबल रही थीं।

''कलतक तो बिल्कुल ठीक थी... पता नहीं, ये कैसे हो गया... हमारी क़िस्मत में ऐसे ही मरना लिखा है सर जी.....'' कहते–कहते सोना की आंखें भर गईं, आवाज़ रुंध गई।

मुझे समझ नहीं आ रहा था कि क्या कहूं, कैसे कहूं... सांत्वना के शब्द कहीं खो से गए थे।

उस वक़्त तो मेरा पत्रकार–धर्म ही पूरी तरह जाग्रत था, सो मैं अपने काम में लग गया। मैं सिर्फ़ इतना ही कह पाया कि समय मिलते ही उसे फ़ोन करूंगा।

इस घटना को हुए लगभग माह–भर बीत चुके थे। मैं भी काम के सिलसिले में बहुत दिनों तक बाहर रहा। लौटने पर याद आया कि मैंने सोनिका को फ़ोन करने का वादा किया था।

मैंने मोबाइल से उसका नंबर लगाया और जैसे ही उधर रिंग हुआ उसने फटाक से उठा लिया, मानो वो मेरे फ़ोन का इंतज़ार कर रही हो।

मेरे कुछ बोलने से पहले ही उधर से आवाज़ आई, ''हैलो सर जी, कैसे हैं आप....!''

''मैं ठीक हूं.... आप लोगों का मसला सुलझा या नहीं... कुछ पता चला कि आपके साथी.... क्या नाम था.... रंजू..... का क़त्ल.....''

''अंशु.... अंशु नाम था उसका....'', मेरी बात बीच में ही काटकर उसने सुधारा।

''अरे, सॉरी... हां.... हां.... अंशु....'' मैंने थोड़ा झेंपते हुए कहा।

''नहीं सर जी, सॉरी की कोई बात नहीं... क़त्ल तो हुआ है, पर किया किसने ये तो पुलिस पता लगा सकती है या आप–जैसे पत्रकार लोग... हम क्या कर सकती हैं...''

एकबारगी तो मुझे लगा कि कहीं ये मुझपर तंज़ तो नहीं कर रही कि किया–धरा कुछ नहीं और अब महीने–भर बाद पूछ रहे हैं कि क़ातिल का पता चला कि नहीं...।

पर तबतक मेरी क्षणांश की चुप्पी को तोड़ते हुए उधर से सोनिका की आवाज़ सुनाई दी, ''जाने दो साहब, हमारी ज़िन्दगानी की यही कहानी है, न आंचल में है दूध, न आंखों में पानी है...''

कोई दूसरा अवसर होता तो मैं उसकी इस तुकबन्दी और प्रसिद्ध कवि की पंक्तियों को अपने जीवन से इतने सुंदर ढंग से उपालम्भ देने पर बधाई देता या कम–से–कम 'वाह... वाह...'' ज़रूर करता, पर यहां मैं पूरी तरह ख़ामोश हो गया था।

शायद सोनिका ने इस भारीपन को महसूस किया था, तभी तुरंत उसने बात बदली, ''छोड़िए साहब जी.... आप बताइये.... आप तो मेरा इंटरव्यू करने वाले थे न..... कब करेंगे.... वैसे मेरी मानिये तो मेरा ही नहीं, मेरी जैसी कई हैं संस्था में, आप उनसे भी बात कीजिए.... आपको नई–नई कहानियां मिलेंगी.... दिल में जमे हुए दर्द की कहानियां... सूखे हुए आंसुओं की कहानियां.....''

वो एक सांस में बोलती चली गई थी। मुझे लगा उसके अन्दर एक आग धधक रही है। पर मैं कुछ कहता उससे पहले उसकी आवाज़ आई, ''सर जी, आप कल ही आ जाओ.... हम सब इकट्ठा रहेंगी यहां.... हमारी जिंदगानी का भी क्या ठिकाना....''

उसके वाक्य के आख़िरी हिस्से ने मुझे झकझोर दिया। मैं कुछ कहता कि दूसरी तरफ़ से कातर–सी ऐसी आवाज़ आई, ''आप आ जाओ साहब....'' कि मैं उसके आगे कुछ कह न सका।

मुझे लगा कि चलो, वर्षों से जो मैं करना चाह रहा था, वो अब संभव होने जा रहा है।

मैंने श्रुति को फ़ोन लगाकर बताया कि एक स्पेशल प्रोजेक्ट है। वो कल मेरे घर आ जाये और मेरे साथ चले। मैं बातचीत करूंगा तो कैमरा चलानेवाला भी तो कोई होना चाहिए और मुझे पता है कि इस काम के लिए श्रुति से बेहतर कोई हो नहीं सकता।

• • •

हम जब सोनिका की संस्था में पहुंचे तो उसने सारा इंतज़ाम कर रखा था। करीने से लगी कुर्सियां, बीच में टेबुल... सफ़ेद रंग के कवर से ढंका हुआ.... पानी के दो-तीन बोतल.... और टेबुल के ठीक बीच में शीशे के एक बड़े से गिलास में अटाये गए गुलाब और डालिया के ताज़ा फूल....। उसके ठीक सामने बड़ी-सी दरी बिछाई गई थी, जिसपर सोनिका और उसके साथ संस्था में काम करने वाली दूसरी किन्नरें थीं।

हमें देख सोनिका उठ खड़ी हुई और उसकी ऐसी तैयारी देख मैं हंस पड़ा था। वह मेरे हंसने पर प्रश्नवाचक मुद्रा में मेरी ओर देखने लगी।

''अरे भाई, इतनी साज-सज्जा की ज़रूरत नहीं थी... हम कोई मीटिंग या सेमीनार करने नहीं जा रहे.. इसे हटाना पड़ेगा...'' मैंने टेबुल की ओर इशारा किया।

तबतक श्रुति आगे बढ़ आई थी और जल्दी ही उसने सबकुछ मेरे मन मुताबिक सेट करा दिया।

इंटरव्यू से पहले मैंने सोनिका और बाकी सबसे सिर्फ़ इतना ही पूछा कि वे घबड़ा तो नहीं रही हैं... जब उन्होंने 'ना' में सिर हिलाया तो मैंने श्रुति को इशारा किया कि वो सबको 'कॉर्डलेस माइक' लगा दे।

अब मैं आप सभी पाठकों को ये बता देना उचित समझता हूं कि यहां से हमारा इंटरव्यू शुरू होगा। इस इंटरव्यू में ही वो सारी कहानी या कहानियां छिपी हुई हैं, जिनके बारे में लोग बहुत कम जानते हैं। इन कहानियों का न कोई आदि है, न अन्त। बस, ये जीवन के गुंजल्क हैं, जिन्हें इन कहानियों के माध्यम से खोलने की मेरी कोशिश है। इसके ज़रिये एक नहीं, कई ज़िंदगियों के अक्स और आंसू आपको दिखेंगे.... मैं यही दुआ करता हूं कि इन ज़िंदगियों को एक बेहतर पहचान और स्थान मिल जाये.... और इनके ऊपर कभी कोई तिरस्कार की ताली न बजाये, आमीन....!

• • •

सोनिका

सोनिका, ये बताइये कि आपके जीवन में क्या–क्या घटित हुआ और कब आपको पता चला कि आप ट्रांसजेंडर हैं....

मैं पैदा हुई तो मेरे स्ट्रक्चर में यह कहा गया कि लड़का हुआ है। फ़ैमिली में बहुत सारी ख़ुशियां थीं। लड़का होने से एक फ़ैमिली को अलग ही ख़ुशी होती है। पर जब पता चला कि नहीं बेटा नहीं है, यह ट्रांसजेंडर पैदा हुआ है, तो समाज से छुपा के रखना बहुत ज़रूरी था; क्योंकि समाज में 1983 में वह एक्सेप्टेन्स नहीं था– एक किन्नर पैदा होना किसी के घर में। तो अपनी फैमिली से बिलॉन्ग करते हुए बहुत सारी चीज़ों को 'सैक्रिफ़ाइस' करना पड़ा एजुकेशन के लिए। उसी बीच में जैसे–जैसे बढ़ती गई मेरे अंदर की जो लड़की थी वह धीरे–धीरे जवानी की तरफ मुड़ गई। एक लड़की की जब मैच्योरिटी आती है, उसी तरह मेरी ज़िंदगी में भी मैच्योरिटी अंदर से आना शुरू हुई। मुझे आइब्रोज करना पसंद था, आईने के सामने खड़े रहकर लिपस्टिक लगाना.... ये, वो.... लड़कियों के कपड़े पहनना पसंद था....। उसके लिए बहुत बार मेरी फैमिली ने मुझे मारा–पीटा। ये सब घर में मेरे को फ़ेस करना पड़ा। पर एक टर्न आया कि नहीं, अब अपने अंदर की नारी को उसका हक़ दिलाऊंगी। तब उम्र के सोलह साल में मुझे अपनी फ़ैमिली से अलग होना पड़ा, यही कहते हुए कि अलविदा, क्योंकि ये मेरा समाज नहीं है। यह समाज मुझे कभी नहीं अपनाएगा,

इसलिए मुझे अपने समाज के पास जाना चाहिए जो किन्नर समुदाय है।

तान्या

जब मेरा जन्म हुआ, तो एक लड़के की तरह ही हुआ। धीरे–धीरे, जैसे–जैसे उम्र बढ़ती गई, हमारे में फ़िजिकल चेंजेज़ आने लगे, जो एक तरह से लड़कियों वाले थे। मैं जब नाइंथ क्लास में पहुंची, तबतक यह मेरा पूरा खुल के आ चुका था। उस वक्त मुझे नवीं क्लास में ही मेरे घर वालों ने मेरा स्कूल छुड़वा दिया और घर में ही रहने लगी। मैंने फिर से अपनी पढ़ाई शुरू की, आगे की, सब से लड़ के, घर से लड़ के, समाज से लड़ के और मैंने पोस्ट ग्रेजुएशन तक किया।

आमतौर से जो बचपन होता है..... बचपन में बहुत सारे खेल होते हैं.... बहुत सारे दोस्त होते हैं.... लड़का है तो उसके लड़के दोस्त होते हैं.... लड़की है तो लड़कियां दोस्त होती हैं...... बचपन में आपकी दोस्ती किसके साथ रहती थी.....

हमारी फीलिंग थी कि हम लोग ज़्यादातर लड़कियों के साथ कंफ़र्टेबल रहते थे। जैसे लड़कों वाला खेल होता है ना कि अभी अगर हमारे यहां कोई बच्चा है, जो लड़का है तो वह बैट–बॉल की तरफ ज़्यादा आकर्षित होता है कि नहीं, मुझे बैट–बॉल चाहिए। लेकिन हम लोग का शुरू से था कि नहीं, हमें गुड़िया चाहिए खेलने के लिए... हमें बहुत अच्छा लगता था। फिर हम गुड़िया की शादी करते थे।

सोनिका

यह सब अच्छा लगता था। खाना बनाना, फ्रेंड्स के साथ बैठकर, वह भी लड़कियों के ग्रुप में हम खेलते थे– सर पर दुपट्टा लेकर बैठना, शर्माना, चलते वक़्त कमर में लचक लाना। यह अलग ही बचपन था। पर जो बचपन हम जी रहे थे तो इस समाज ने भी कुछ ऐसे ताने कसे... ''ए गुड़..... ए मामू.... ए छक्का....'' ऐसे ताने सुनते हुए हमारा बचपन एक तरह से छिन गया। बचपन की यादें बहुत आती हैं। जब हम दूसरे बच्चों को खेलते हुए देखते हैं.... लड़कियों को, लड़कों को.... तो हम कभी–कभी सोचते हैं कि हमारा बचपन भी एक था, जिसको आज हम ढूंढ़ते हैं। जब हम अपनी कम्युनिटी के बीच में बैठते हैं तो बचपन को जीने की पूरी कोशिश करते हैं, हम उस बचपन को याद करते हैं और उसको अच्छे पॉजिटिव ढंग से मिलाकर सोचते हैं, उसके साथ जीने का अधिकार हमको भी है और बच्चों की तरह।

आपके कई दोस्त होते हैं, बचपन की सहेलियां होती हैं.... ऐसे दोस्त, जो ट्रांसजेंडर नहीं है और जिन्होंने आपका साथ दिया है.....

मेरी लाइफ में तो स्कूल टाइम के फैन हैं। अब जब उनको पता चला कि जो हमारे साथ पढ़ता था– वो आज एक मीडिया पर्सनैलिटी है तब उससे मेरा संबंध टूट चुका था, क्योंकि मैं एक किन्नर हूं। आज मैं हूं, अपना एक नाम है। तब मेरा एक्सेप्टेंस नहीं था, क्योंकि मैं किन्नर हूं और उसकी सोच का क्या। उसकी फैमिली उसको कहती थी कि उसके साथ मत घूमो.... कहीं उसके साथ मन मिल जाये तो तुम भी उसके जैसा ना बन जाओ। तो वह डर था जिससे वह हमसे खुल कर बात नहीं कर

पाते थे। एक समय भारत आज़ादी के लिए लड़ रहा था; वैसे ही हम अपनी आज़ादी के लिए लड़ रहे थे कि हमें भी आज़ादी चाहिए, हम भी आज़ादी से जीना चाहते हैं। जब भारत का संविधान सब को आज़ादी से जीने का हक़ देता है... चाहे वो औरत हो या मर्द हो, जब वे जी सकते हैं तो किन्नर क्यों नहीं।....
.

तान्या

मेरे बचपन के जो दोस्त थे, उनसे मेरा कनेक्शन पूरी तरह से टूट चुका है। जब ये बात सामने आयी कि मैं एक किन्नर समाज से बिलॉन्ग करती हूं तो अपने परिवार के दबाव के कारण वे चाह कर भी मुझसे जुड़ नहीं पाये।

आपलोगों ने उच्च शिक्षा हासिल की है। तो आप जहां भी पढ़ने गये, वहां आपके प्रति सहपाठियों का रवैया कैसा था....

लोग.... उनका क्या होता है... वे क्या सोचते हैं .... हां कभी–कभी तानेबाज़ी हो जाती है... हां देखो... देखो.... वो जा रहा है.... वही है.... वही है.... बस, यही बातें हो जाती हैं। पर टीचर–लोग कोऑपरेट भी करते हैं। हालांकि अब जब से मैं अपने पैर पर खड़ी हुई हूं, इंडिपेंडेंट हो गई हूं, आज जॉब कर रही हूं, पढ़ाई कर रही हूं तो अब मुझे इन सब बातों से कोई फ़र्क नहीं पड़ता कि कौन क्या बोल रहा है। मुझे बस एक ही चीज़ लगती है कि बस आगे बढ़ना है, जैसे एक पुरुष आगे बढ़ सकता है, एक महिला बढ़ सकती है, वैसे मैं भी बढ़ सकती हूं... बस यही सोच लेकर मैं आगे बढ़ी।

सोनिका

हम लोग हमेशा कहते हैं कि 'गुरु ब्रह्मा... गुरु विष्णु....', पर मेरे केस में ये 'गुरु ब्रह्मा... गुरु विष्णु....' नहीं रहा। पोस्ट ग्रेजुएशन के टाइम में वही गुरु लोग थे जो क़दम-क़दम पर मुझे नोच रहे थे कि आपको अगर पढ़ाई करनी है तो बेटा शाम को हमारे घर में आकर हमारा दिल बहलाओ। जब लोगों का दिल बहला सकती हो, ट्रेन में जा सकती हो तो हमारा दिल क्यों नहीं बहला सकती। हम भी पैसे देंगे। जिस प्रोफेसर को मैं गुरु मानती थी, वह जब मेरे शरीर का मज़ा ले रहा था, तब मैं सोचने लगी कि क्या मैं ग़लत हूं.... क्या मैं ग़लत चीज़ कर रही हूं.... क्या मैं ग़लत इंसान हूं या मेरी ग़लती है कि मैं पढ़ाई कर रही हूं। सोचती थी कि मुझे आज ज़िंदगी में कुछ बनना है और एक अलग पहचान बनानी है तो हम आपके शारीरिक सुख के साधन ना बन के हम आपके समाज की मुख्यधारा में आ सकें। समाज में ही मुझे एक स्त्री-पुरुष ने जन्म दिया है। एक स्त्री-पुरुष मेरे मां-बाप हैं। उन्हीं की कोख से निकली हूं और उन्हीं के आंगन की मिट्टी हूं तो उस मिट्टी की तुलसी की लाज मुझे भी रखनी आती है। मैं जब सिंगार करके निकलती, कॉलेज जाती तो लोग कहते, ''देखो, आ गई.... आज किसका दिल बहलाएगी, आज किसके साथ जाएगी, आज किसकी कार में बैठकर जाएगी।'' इतने सारे ताने कसे गए कि बाद में आदत हो गई कि हां चलो, यह नोच रहे हैं, नोचने दो.... समाज का काम है नोचना। जब एक स्त्री को नोचा जा सकता है तो मैं तो एक किन्नर हूं। मुझे नोच रहे हैं तो कुछ ग़लत नहीं कर रहे....। मैं तो कुछ ग़लत नहीं कर रही, क्योंकि मेरे अंदर भी एक नारी-शरीर ही तो है।

आज आपका अपने परिवार से संबंध है या नहीं....

परिवार से हम पूरी तरह से अलग हो चुके हैं। मेरे रियल पेरेंट्स की डेथ हो चुकी है। बट, हां, जिन्होंने मुझे बेटी माना है, वह आज भी मेरे संपर्क में हैं। आज वह समाज में मेरे साथ चलते हैं और आज वही मेरा परिवार है; क्योंकि मेरे जो रियल पेरेंट्स थे,

जिन्होंने मुझे जन्म दिया, उन्होंने अपने संस्कार के साथ मुझे पाल–पोस के दसवीं तक साथ दिया। मेरे पापा की यही कम्प्लेन्ट थी कि मेरा बेटा किन्नर कैसे हो गया और मेरे मम्मी को हमेशा ब्लेम किया जाता था कि यह मेरी औलाद नहीं है, यह कहीं और की औलाद है। पता नहीं किसका यह ले आई है हमारे घर में।

तान्या

तान्या, आपके साथ क्या स्थिति है.... आपके पैरेंट्स....

परिवार में मेरे से बड़े चार भाई और दो बहनें हैं। मेरे पिता जी एक्सपायर कर गए थे 1990 में। जनवरी में मेरा जन्म हुआ था और जुलाई में मेरे पिता जी एक्सपायर कर गए। तब से मेरी मां ने हम सबका ख़याल रखा, सब को पढ़ाया–लिखाया सबकुछ; लेकिन अपने बाक़ी बच्चों से अलग, मुझे नवीं क्लास में ही स्कूल छुड़वा दिया गया। कहा गया कि अब फ़िजिकली सबकुछ पता चल रहा है, अब तुम घर में रहो। हम नहीं चाहते कि तुम्हारे कारण तुम्हारे भाइयों को बदनामी झेलनी पड़े.... तुम्हारी बहनों की शादी ना हो अच्छे घरों में। इन सब बातों को लेकर मुझे घर पर ही बैठाना शुरू कर दिया। लेकिन फिर भी मैंने बहुत संघर्ष किया। बहुत तरह की चीज़ें हुई, जैसे घर पे मारपीट.... फिर भी मैं आगे बढ़ती गई। पर आज के डेट में देखें तो भाइयों को मुझसे कोई परेशानी नहीं है। आज सबलोग अलग–अलग रह रहे हैं, लेकिन मेरी मां.... उनको मैं अपने साथ लेकर रह रही हूं। मां की मैं सेवा करती हूं। मेरी मां मुझे एक्सेप्ट कर चुकी है, और लोग भी धीरे–धीरे एक्सेप्ट कर रहे हैं; पर भाइयों में अभी एक्सेप्टेंस की कमी है। वह नहीं चाहते। वह तो बताते भी नहीं कि उनका एक ऐसा है.... 'भाई' / 'बहन'– जो भी कह लें..... है।

सोनिका

अच्छा ये बताइये, किन्नर समाज में शादियां कैसे होती हैं.. .. मेरा मतलब है, आपके रस्मो–रिवाज़....

किन्नर समाज में दो टाइप की शादी होती है। पहली शादी जब हम इस समाज में आते हैं तो बहुचरा माता से होती है, जहां पर हमें यह सिखाया जाता है कि यही हमारा सब कुछ है। बहुचरा माता मुर्गे पर बैठी हुई हैं जो किन्नर समाज की माता हैं। हमारा एक ट्रेडिशन होता है कि कम्युनिटी में आने के बाद चालीस दिन तक हमें उस एक रूम में रहना पड़ता है जहां पर कम्युनिटी के बारे में.... हर चीज.... कैसे हमें अपने कपड़ों का ख़याल रखना है.... जो एक मां अपनी बेटी को सिखाती है दुल्हन बनकर जाते वक्त.... कि बेटा आपको अपना पल्लू कैसे रखना है.... आपके बाल कैसे होने चाहिए.... आपकी चाल कैसी होनी चाहिए.... इन सब चीजों पर ध्यान दिया जाता है। फिर चालीस दिनों के बाद पूरे रस्मो–रिवाज़ से हल्दी लगाकर शादी होती है माता के साथ और उसके बाद हमारे गुरु हमारे माता–पिता बन जाते हैं। हमारा अपना एक परिवार बन जाता है। जैसे मैं पंजाब से हूं.... वहां मेरी मां हैं जिनकी मैं बेटी हूं। पर मेरी गुरु हैं जो मुंबई से हैं। अब मेरा सबकुछ मेरी कम्युनिटी है। आज मेरी फ़ैमिली पूरी है.... मेरे पास मेरी बहनें हैं जो किन्नर समाज से बिलॉन्ग करती हैं। हमारे यहां शादी होती है, दहेज दिया जाता है। उसी तरह से, रीति–रिवाज़ से विदा करके मुझे मेरे गुरु के घर भेजा गया। मेरे गुरु का घर ही मेरी ससुराल है। अब शादी हुई तो समाज में चल रही हूं, समाज के सब काम कर रही हूं, पढ़ाई–लिखाई कर रही हूं।

आपने शादी की.....

मैं बताती हूं। मेरी लाइफ़ में कुछ ऐसा हुआ..... मैं कभी भूल नहीं सकती। ये तब की बात है जब मेरे पास कोई जॉब नहीं था और मुझे 'ट्रेन मांगना' पड़ता था। उस वक्त वे मेरी लाइफ़ में

आए.... एजुकेशन होते हुए भी ट्रेन में जाकर वह करना पड़ता था...
. कहते थे लोगों से कि 'दे दे भैया'... 'दे दे मामा'... लोगों से प्यार
से जो भी मिलता था वह लेकर हम लोग चले आते थे।

तो उस वक्त ये वहां पर बैठे हुए थे ऊपर.... और उनके
पास पैसा नहीं था। तो उन्होंने मेरे लोगों को बोला, ''हम तीन
दिन से भूखे हैं.... कुछ पैसे दो...।'' मेरे चेले ने मुझे आवाज़ दिया
कि गुरु देखिए, ये पैसा मांग रहे हैं। मैं गई, उन्हें देखा। उनसे
पूछा कि क्यों मांग रहे हो पैसा.... तो उनका आन्सर था कि हम
घर से भाग कर आये हैं.... अभी हमारे पास कोई सपोर्ट नहीं है....
हमको भूख लगी है और हमारे पास पैसा भी नहीं है....। उस वक्त
मैंने उनको सपोर्ट किया.... खाना खिलाया। फिर वे बोले कि खाना
खिला दिया तो एक छत का इंतजाम करा दो.... और मेरे लिए
कोई जॉब भी दिला दो। मैं सोच में पड़ गई। सोचा, इनको कहीं
शिफ़्ट करा देंगे.... सपोर्ट करेंगे....। मैं उन्हें घर ले आई। दो–तीन
दिन मेरे घर में रहे। मैंने अपने एक फ्रेंड, जो एमबीए में मेरे साथ
थे, उनसे बात की कि कुछ हो सकता है क्या.... किसी कॉल सेंटर
में। मैंने उसके सीवी भी फॉरवर्ड कर दी। कुछ ही दिन में उसको
कस्टमर–केयर में जॉब मिल गई।

मैंने कहा, ''अब तेरे को जॉब मिल गई है.... सब कुछ
मिल गया.... तू कहीं पर भी कमरा लेकर रह सकता है....'' तो
उसका आंसर था कि बाहर कहीं किराया देने से अच्छा कि मैं
आपको दूंगा.... क्योंकि अभी मेरे हाथ में पैसा नहीं कि मैं अलग
रह सकूं....।

मैं क्या कहती....। फिर हम साथ–साथ रहने लगे। थोड़े
दिनों में हममें ऐसी अंडरस्टैंडिंग आ गई कि हम एक–दूसरे को
अच्छे से जानने लगे। हममें एक बॉन्डिंग आ गई।

मेरे किन्नर होने से उन्हें कोई प्रॉब्लम नहीं थी। वह मेरे
साथ रहते.... बिंदास घूमने जाते....। हमलोगों में सब कुछ था,
सिर्फ सेक्सुअल रिलेशनशिप नहीं थे।

वैलेंटाइन डे पर उन्होंने मुझे प्रपोज किया कि मैं आपसे अलग नहीं होना चाहता.... आप ही के साथ रहना चाहता हूं.... आपसे शादी करना चाहता हूं....। मैंने कहा, ठीक है....। फिर हमने एक मंदिर में जाके शादी कर ली। अपनी फ़ैमिली में उन्होंने बताया कि हां, मैंने शादी की है। उसकी फ़ैमिली ने उस वक़्त एक्सेप्ट किया मुझे.... मैं तब अच्छा–ख़ासा हज़ार–पांच सौ रोज़ कमा के ला रही थी। उनके बेटे की पूरी सैलरी उनके पास जाती थी..... उसका ख़र्चा तो कुछ था ही नहीं....।

बाद में उनकी बेटी की शादी आई तो उन्होंने बताया कि उनको सोने की ज़रूरत है। तो मेरे पास जो भी गोल्ड था मेरा, मैंने दे दिया कि जाओ, अपनी सिस्टर की शादी कराओ, आख़िर वो मेरी ननद है। लेकिन उस शादी में मुझे इनवाइट नहीं किया गया; क्योंकि आप समाज को कैसे बोलोगे कि हमारी बहू किन्नर है.... पर मुझे बहू का दर्ज़ा उन्होंने दिया.... अपनी फ़ैमिली में रखा, रेस्पेक्ट दिया। कहते हैं ना कि रिश्तेदार आख़िर रिश्तेदार होते हैं और हम दोनों ने शादी के दो साल बाद डिसाइड किया कि बच्चा एडॉप्ट करेंगे। तो हमने एक बच्चा एडॉप्ट किया। उसको जब घर लेकर आए तो प्रॉपर लीगल एडॉप्शन नहीं हो पा रहा था तो उसी टाइम में उसकी मौसी घर पर आई। मौसी उसकी मम्मी को भड़का दी कि पता नहीं ये किसका बच्चा उठा कर लाए हैं.... कैसा ख़ून होगा.... क्या होगा.... मतलब अनाप–शनाप बोलने लगी....

तबतक मैं धनबाद में जॉब करने लगी थी तो मेरे बारे में उसके मन में मिसअंडरस्टैंडिंग क्रियेट कर बोलने लग गई कि..... ''वह तो शॉर्ट स्कर्ट पहन कर जाती है.... ब्लेजर्स पहन कर जाती है..... घर रात लेट से आती है.... कॉल सेंटर में क्या करती है... तेरे को पता है न..... कॉल सेंटर का नेचर तू तो जानता है ना.... तेरे साथ तो और लड़कियां भी काम करती हैं..... कैसे–कैसे रिलेशंस रहते हैं....''

मतलब की हमारे रिलेशन के बीच मिसअंडरस्टैंडिंग क्रियेट करने की कोशिश की गई। तो हर चीज़ की दवा होती है, पर शक की दवा नहीं होती। तो उनको मेरे पर शक होने लगा। मेरा लेट नाइट आना, मेरा लेट नाइट जाना मीटिंग के लिए, एक एच. आर.ओ. होने के नाते कभी–कभी क्लाइंट कॉल्स होते तो रात में मुझे कॉल सेंटर में रुकना पड़ता था। तो उसकी वजह से बहुत सारी इशूज मिसअंडरस्टैंडिंग की वजह से हमको सेपरेट होना पड़ा। ऑलमोस्ट छे–सात साल हो चुके हमें अलग हुए। पर आज जब मेरे आगे उनका नाम जुड़ा है, आज सबकुछ है, मीडिया में जब वे मुझे हर जगह देखते हैं..... गूगल में सर्च मारते हैं तो मेरा नाम दिखता है.... तो अब वे वापस आना चाहते हैं..... मेरी लाइफ़ में।

तो मैंने कहा, अब क्यों..... जब मुझे तुम्हारे सहारे की ज़रूरत थी तब तो तुमने मुझे सहारा नहीं दिया..... तब तो तुम मुझे छोड़ कर चले गए अपनी फ़ैमिली के साथ..... और ऐसे दोराहे पे छोड़ गए कि मैं डिप्रेशन में चली गई.... जॉब छूट गया और मैं फिर वापस उसी चौराहे पर आकर खड़ी हो गई, जहां पर मेरे को अपना तन बेच कर अपना पेट भरना था।....

और उसी तन बेचते वक़्त मेरा रेप हो गया। मेरा रेप होने के बाद ना मुझे कोई सपोर्ट मिला गवर्नमेंट से, ना कोई मेरी केस फाइल हुई, ना मुझे डॉक्टर से सपोर्ट मिला..... मैं उस ब्लीडिंग हालत में दर–दर की ठोकरें खा रही थी। मैंने आपको कॉल किया, बट आपने रिस्पांस नहीं किया.... आपने.... आपकी मम्मी ने कहा, ''रेप कैसे क्या हुआ.... मतलब मेरी बहन सही कह रही थी.... तू धंधा भी करती है....।''

धंधे पर लाकर खड़ा किसने किया, आप ही ने किया। तो अब वापस मेरी ज़िन्दगी में तुम आओगे..... और वापस कोई आकर आपको कुछ बोल देगा, तो आप वापस मेरी लाइफ़ से वापस निकल जाओगे और फिर वापस मैं डिप्रेशन में आके, वापस वहीं चौराहे पर जाके खड़ी नहीं रहना चाहती हूं। जो हो चुका है, वह हो चुका है; अब मेरे लाइफ़ में आपके लिए कोई जगह नहीं है।

तान्या

मैं भी शादीशुदा हूं। मैंने बताया था कि नाइंथ क्लास में मेरी पढ़ाई छुड़वा दी गई थी तो फिर मैं डांस प्रोग्राम करती थी। जो लोग शादियों में आर्केस्ट्रा प्रोग्राम करते हैं उसमें करती थी और अपने नाइट से जो भी पैसे मुझे आते थे, जितने मैं कमाती थी, सारे स्टडीज़ में लगा देती थी। धीरे–धीरे पढ़ाई के दौरान ही जो मेरे हस्बेंड हैं, हमारा उनसे परिचय हुआ था प्रोग्राम करते वक़्त....। फिर धीरे–धीरे हम मिलने लगे, एक साथ घूमने–फिरने लगे..... दो साल के बाद हम लोगों ने डिसीजन लिया कि हम लोग एकसाथ रह सकते हैं। आज की डेट में छे साल हो गए हैं हमारे रिलेशन को.... हमने शादी की है..... मैं निभा रही हूं.... वे भी निभा रहे हैं.... दोनों की तरफ से ऐसा कोई इश्यू आया नहीं है अबतक... हां, पर फ़ैमिली में कोई एक्सेप्टेन्स नहीं है। उनके परिवार में एकदम नहीं है..... वे लोग मुझे देखना भी नहीं चाहते हैं। बहुत गंदी सोच है उनके घर में मेरे लिए....। पर ये हैं, इनका प्यार है कि ये साथ देते हैं..... और आशा करती हूं कि आगे भी देते रहें......

एक जेनरल वूमेन की तरह मैं इनके साथ रहती हूं। जैसे सुबह छे बजे वे अपनी ट्रेन के लिए निकलते हैं तो मैं चार बजे उठती हूं.... उनके लिए लंच बनाती हूं.... अपने लिए लंच बनाती हूं.... और एक बात मैं बता दूं कि वो मेरी तरह किन्नर नहीं हैं....।

सोनिका

लोगों का मानना है कि किन्नर समाज ज़बर्दस्ती करता है ट्रेन में... ऐसा है क्या....

अगर आप कहोगे कि समाज हमेशा उंगली उठाने के लिए है और जहां तक मैंने ट्रेन मांगा है वहां जीआरपी, आरपीएफ वालों से मेरे बहुत अच्छे रिलेशन रहे। उन्होंने जब भी हमें बुलाया केस

देने, हम गये। मैं प्लेटफार्म से ट्रेन पकड़ती और प्लेटफार्म पर ही ट्रेन छोड़ती। क्योंकि मेरा बहुत सिंपल था.... 'दे मामा', 'दे काका', 'दे चाचा'.... हम प्यार से ही मांगना चाहते हैं। अगर आप मेरे को या मेरे से ऊपर मां की गाली दोगे तो मैं क्यों सुनके लूं.... और तब हमारा धैर्य खो जाता है। इसलिए धैर्य खो देते हैं, क्योंकि हम अपनी मां से बहुत अटैच्ड हैं, आज भी हैं और आगे भी रहेंगे। मां से अटैचमेंट जो रहता है वह हमेशा अलग–सा होता है। नौ महीने कोख में रख कर जो सींचती है, भरती है अपने गुण हमारे अंदर.... तो हम अपनी मां को किसी को गाली देते हुए स्वीकार नहीं कर सकते। समाज में कुछ अच्छे लोग भी हैं, कुछ बुरे लोग भी हैं। मैं ये नहीं कहूंगी कि मेरी कम्युनिटी ग़लत है..... ताली एक हाथ से नहीं बजती, ताली दोनों हाथ से बजती है। ताली अगर आप बजाओगे तभी तो हम बजायेंगे।

ये भी कहा जाता है कि कोई बच्चा मिलता है तो उसको ले जाके किन्नर बना दिया जाता है.....

यह बहुत ग़लत सोच है कि कोई किन्नर समाज किसी को ले जाकर ज़बर्दस्ती किन्नर बना देता है। ऐसा कुछ नहीं होता। मुझे क्यों नहीं ले गए जब जन्म हुआ था मेरा..... और मेरे पास तब 'जेनेटिल' भी नहीं था.... मेरा कुछ नहीं था..... तब मैं अपनी फ़ैमिली के साथ थी और मैं खुद होकर गई हूं मेरे समाज के पास। हमारा समाज कभी भी नहीं चाहता कि वह अपने मां–बाप से बिछड़े.... वो अपने मां–बाप में रहे.... खुश रहे.... और ये समाज नहीं चाहता कि वो ये छे मीटर का कपड़ा पहन के रहे.... उनकी जो छे मीटर की ये साड़ी है, ये हमारे लिए छे मीटर कफ़न का कपड़ा है; क्योंकि समाज के ताने हैं और समाज की बहुत नीचता की देखने की नज़र है। समाज मेरे पास नहीं आया..... मैं खुद समाज के पास गई हूं क्योंकि मुझे समाज की ज़रूरत थी। वो ज़रूरत भी इसलिए पड़ी क्योंकि तब मेरी फ़ैमिली वाले मेरे साथ नहीं थे। तब समाज ने मेरे साथ फ़ैमिली का रोल प्ले किया। एक मां–बाप की तरह, जो बच्चे को सहारा देना चाहिए; जिस आंचल के नीचे उसको सहारा मिलना चाहिए। उम्र का सोलहवां

साल एक ऐसा स्टेज होता है जहां पर बहुत सारी चीज़ों के लिए मैच्योरिटी आना शुरू होती है। उस वक्त जब फ़ैमिली साथ छोड़ दे तो कोई कहां जाये। हम किसी को ज़बरदस्ती किन्नर नहीं बनाते....

तान्या

लेकिन कुछ लोग हैं जो हमारी कम्युनिटी, हमारे समुदाय को बदनाम करते हैं। जैसे कि कई पुरुष होते हैं, लेकिन वह नारी का भेष बनाकर कमाने के लिए ट्रेन में चढ़ जाते हैं..... तालियां पीटते हैं और गाली देते हैं। ये हमारे समुदाय के नहीं होते.... नकली बाल लगाना, लिपिस्टिक लगा के खड़े हो जाना, काजल लगाके खड़े हो जाना, मांग के निकल जाना...... यह कुछ चीज़ें हैं जिससे समाज सोचता है कि ये हमारे समुदाय के हैं।

सोनिका

शादी ब्याह और खासतौर से जब बच्चा पैदा होता है किसी घर में, उस समय आप लोगों की भूमिका शायद होती है उसमें..... और कई जगह तो एक अच्छे रस्म के तौर पर अपनाया जाता है.... समाज में आपका आना बड़ा शुभ माना जाता है कि अगर किन्नर आते हैं बच्चे के जन्म के अवसर पर, तो लोग खुशी–खुशी एक्सेप्ट करते हैं..... तो आपलोग भी ऐसा ही मानते हैं, सच्चाई है इसमें या कुछ और.....

इसके पीछे बहुत पुरानी कहानी है जब राम वनवास जा रहे थे। आधा रास्ता पार होने के बाद राम जी ने कहा कि अब सभी नर–नारी वापस लौट जायें। नर–नारी तो वापस लौट गए पर किन्नर वहीं चौदह साल तक रामजी का इन्तज़ार करते रहे। बनवास काट के जब राम जी वापस आए तो उन्होंने पूछा कि हमने तो सबको जाने को कहा था..... आप लोग क्यों नहीं गये....।

तो उन सब ने कहा कि आपने तो सिर्फ नर और नारी को जाने के लिए बोला.... पर ना तो हम नर हैं, ना नारी, इसलिए हम नहीं गये। तब राम जी ने कहा था कि लोग अब आप लोगों से आशीर्वाद लेंगे, आपकी दुआएं लेंगे और हर जगह आपकी पहली दुआ कुबूल होगी..... तब से ये प्रथा चलती आई है।

मुस्लिम समाज में भी आज हल्दी के टाइम पर रतजगा होता है, हल्दी की रस्म होती है, उसमें ट्रांसजेंडर जाते हैं, डांस करते हैं और ब्लेसिंग्स देते हैं चावल और शक्कर से..... और वहां से जो भी रुपये–पैसे मिलते हैं उसे लेकर अपने घर चले आते हैं। उस लड़की की या फिर उस लड़के की आने वाली बीवी के लिए गोद भरकर आते हैं कि उसकी गोद जल्दी भर जाये। और जब बच्चा होता है तो हम उनकी खुशी में शामिल होने जाते हैं कि बाबा आपके यहां बच्चा हुआ है, उसको मालिक करे कि कोई बला ना आए उसके ऊपर.... कोई प्रॉब्लम ना आए..... वो हंसते–खेलते बड़ा हो जाए और समाज में एक अच्छा इंसान बने, यही हमारी दुआ है।

आप तो अच्छे उद्देश्य से, सोच कर जाते हैं.... आपको समाज में आज भी इसी तरह का एक्सेप्टेंस मिलता है.....

आप नॉर्थ साइड में अगर जाओगे तो बहुत सारा एक्सेप्टेंस है इस प्रथा को.... साउथ में भी एक्सेप्टेंस है, पर इतना नहीं है। साउथ में एक्सेप्टेंस किसी और रूप में है क्योंकि वहां पर हमें भगवान् माना जाता है। तो वहां पर हमारा नाम अलग है, वहां पर हमको 'जोगतिन' बुलाया जाता है। जब 'जोगतिन' बोलते हैं तो ये बोलते हैं कि ये येल्लमा माता के बच्चे हैं, इनको हर्ट नहीं करना चाहिए। जो भी, जिसकी जेब में दस रुपये होगा, वह निकाल कर देगा; किसी के जेब में सौ रुपये होगा, वह देगा.... और तब हल्दी–कुमकुम लगाके हम उसको आशीर्वाद देते हैं। तो हर एक जगह अलग–अलग प्रथा है। समाज में हम जब कहते हैं कि कुछ नेगेटिव भी हैं, कुछ पॉजिटिव भी हैं। जो नेगेटिव हैं, वो हमेशा नेगेटिव ही रहे हैं और वह कभी पॉजिटिव नहीं हो पाये

हमारी कम्युनिटी में। उसमें भी कम्युनिटी कोशिश करती है कि बद्दुआएं ना निकलं कभी.... हम हमेशा दुआ ही दें.... बस दुआएं ही हम अपने मुंह से निकालने की कोशिश करते हैं, क्योंकि आप भले ही हमको ग़लत समझो पर हम आपके लिए अच्छा ही सोचते हैं।

भारत के इतिहास में आप पहली ऐसी थर्ड जेंडर हैं, ट्रांसजेंडर हैं, जो एक नोडल अधिकारी के तौर पर काम कर रही है.... कैसा लगता है.....

आप कह सकते हो कि लाइफ़ में बहुत सारे ट्विस्ट एंड टर्नस् रहे और उस ट्विस्ट एंड टर्नस् को आखिर तक लेकर जाने के लिए जो मुझे मोटिवेशन मिला, जो मेरी गुरु हैं... वे हमेशा मेरी हर मुसीबत में मेरे साथ खड़ी रही हैं, हर एक चुनौती के साथ मेरे साथ आगे बढ़ी हैं और आज जिनकी मैं पूजा करती हूं..... हमलोग कहते हैं कि भगवान् हैं, बट कहां हैं.... हम मंदिर में जाते हैं तो एक पत्थर की मूर्ति दिखती है..... पत्थर की मूर्ति के सामने हम रोते हैं, बहुत कुछ करते हैं, बट वे मूर्ति कुछ रिस्पांस नहीं करती। असली रिस्पांस हमें मिलता है, जब हम समाज के बीच में काम करते हैं।

आज जब मैं एचआईवी पीड़ित बच्चों के चेहरे पर स्माइल लाती हूं, उसके अधिकार के लिए लड़ती हूं.... किसी महिला को न्याय जब मिलता है, उसका अधिकार जब मिलता है, वही मेरी सबकुछ है..... मतलब वही मेरी भक्ति है। अगर आप घर पर आओगे तो आपको मेरे घर में कोई मंदिर नहीं मिलेगा, कोई भगवान् का फ़ोटो नहीं मिलेगा, एक ही भगवान् का फ़ोटो मिलेगा, वो श्री सद्गुरु अडनेश्वर महाराज जी का, जिन्होंने ज़िंदा समाधि ली है और उन्होंने क्लियर कहा है कि किसी ने भी भगवान् को नहीं देखा है। भगवान् हमारे अंदर है.... अगर हम ढूंढ़ेंगे तो वो आपको मिलेंगे।

तो अलग–अलग प्रोग्राम्स के द्वारा उन्होंने मुझे सिखाया कि आप किस तरह से इस समाज में आप सोचते हो कि आप किन्नर हो तो आपका दर्द है। गुड़ी पड़वा, जो हमारे महाराष्ट्र में न्यू ईयर कहा जाता है, तो कैंसर–पेशेंट के लिए एक फंक्शन होता है, उसके लिए मुझे बोला गया कि तुम जाओ कैंसर हॉस्पिटल और आपको जो देना है, दे दो। तो मैं फ्रूट्स के साथ चली गए अपने ऑफिस के कुछ कलिग के साथ। मैंने उनको फ्रूट्स और कुछ मिठाई दी तो वह जो पेशेंट के रिलेटिव थे, उन्होंने मुझे बोला कि आप तो यह सब कुछ ले आईं, पर मेरी मां खा नहीं सकती। उसको थ्रोट कैंसर है। वो जो दर्द उसकी बातों में था, उसने ये एहसास दिलाया कि मैं एक किन्नर हूं और मैं समाज में चल रही हूं और मैं अच्छे से, आराम से खा पी तो रही हूं। दूसरा उन्होंने मुझे एहसास दिलाया कि जब हमने नवरात्र के टाइम नर्सेज के साथ प्रोग्राम किया तो मैं सोचती थी कि मैं अकेली डिस्क्रिमिनेटेड होती हूं सोसाइटी में, या फिर मेरा जॉब प्रोफाइल या मैं एक किन्नर हूं बोलकर डिस्क्रिमिनेटेड होती हूं। जब हमने उस नर्स को व्हाट्सएप किया तो वो रोने लगी। कहने लगी कि आज तक हमें बहुत नीचता की नज़र से देखा जाता रहा है। आज हम अपने रिलेटिव के सामने नहीं बोल पाते कि हम स्टाफ़–नर्स हैं। उसका मतलब ये था कि वो अपनी फ़ैमिली में भी डिस्क्रिमिनेटेड होती है। मेरे दादाजी ने हर कदम पर मुझे सिखाया था कि आज सोसाइटी में तुम अकेली नहीं हो जो डिस्क्रिमिनेटेड हो रही हो। आज लॉ ही और शी कहता है बट मैं क्या हूं, ना मैं ही हूं, ना शी हूं। तो मेरी आईडेंटिटी क्या है....

आप छत्तीसगढ़ में गईं, वहां भी काम किया.... बिहार में आप काम कर रही हैं और जामिया मिलिया से आपने ग्रेजुएशन किया है। सिंबोसिस में भी आपका सिलेक्शन हो गया था.... तो इतना सारा कुछ, इतना हायर एजुकेशन आपने प्राप्त किया और अब आप नोडल अधिकारी के तौर पर कार्यरत हैं। लोगों का आपसे कैसा व्यवहार रहता है......

मेरे साथ जो टीम काम कर रही है, वह टीम नहीं है, मेरी फैमिली है; क्योंकि मैं हमेशा उनको मेरी फैमिली, मेरे शरीर का एक अंग मानते आई हूं। क्योंकि मेरे पास स्त्री और पुरुष दोनों काम कर रहे हैं और मेरे अंदर एक स्त्री का भी दिल है और एक पुरुष का भी दिल है। और मैं ये मानती हूं कि जब ए मैन कैन बी हंड्रेड परसेंट परफेक्ट ऐंड ए वुमेन कैन बी हंड्रेड परसेंट परफ़ेक्ट; तो मैं तो टू हंड्रेड परसेंट परफेक्ट हूं। मैं उनकी फ़ीलिंग को समझती हूं, उनके सिचुएशंस को समझती हूं, उनकी हर एक प्रॉब्लम और इश्यूज़ को सामने लाते हुए, हर चीज़ को समझते हुए, उनके साथ, उन्हीं के सांचे में ढालकर, उन्हीं के स्टाइल में काम करती हूं। ये नहीं कि मैं अपनी चीज़ उनपे थोपती हूं। क्योंकि मैं उनसे हर कदम पर सीखती हूं।

तान्या

आप बताएं... आप भी काम कर रही हैं ऐसे तमाम लोगों के साथ... ऑर्गेनाइजेशन में.... तो आप का क्या अनुभव है.....

मैं किन्नर होकर भी एक सामान्य जनसंख्या के साथ काम कर रही हूं, जहां पर एक पुरुष, एक महिला, एक बच्चा– सारे लोग हैं। वहां कोई किन्नर नहीं है, लेकिन मैं किन्नर होके उनके लिए काम कर रही हूं और उन लोगों की तरफ से भी मुझे बहुत ज्यादा कोऑपरेशन मिलता है, लोग बहुत इज्जत देते हैं। जब उनके अधिकार को हम लोग उनके सामने रखते हैं, उनको वह चीज़ दिला देते हैं तो उनकी जो खुशी होती है, चाहे उनके चेहरे पर जो स्माइल आती है, वो हम लोग कहीं से नहीं ला सकते। यह बहुत बड़ी एक सच्चाई है जो काम करने में उन लोगों के लिए हम लोग करते हैं और उसके बाद उनके चेहरे पर जो हंसी आती है ना वह तो मत करो से भी बढ़कर होती है।

सोनिका

आप एचआईवी पॉजिटिव हैं, इसे स्वीकार करने में आपको कोई संकोच नहीं है.....

मैं अपने माता–पिता से एच.आई.वी. पॉजिटिव नहीं हुई हूं.. .. 2012 में जब मेरे ब्वायफ्रेन्ड ने मेरा हाथ छोड़ा और उसके बाद वापस मुझे उसी सेक्स के..... वहां आके खड़ा रहना पड़ा और उस वक़्त इसी ज़ालिम दुनिया में से कुछ चौदह लोगों ने जब मुझसे रेप किया, उसमें से कुछ पॉजिटिव थे और उन्होंने मुझे पॉजिटिव किया।...... तो जब मैं पॉजिटिव हुई थी, बहुत डिप्रेशन में चली गयी थी और मैंने सुसाइड करने की भी कोशिश की। एजुकेशन रहते हुए भी, सबकुछ रहते हुए भी..... पहले जॉब नहीं था, उसके ऊपर से एक और बीमारी.... जिससे कि मैं कमाऊंगी क्या, और खाऊंगी क्या..!

मैं आज प्राउडली फ़ील करती हूं कि मैं जितने भी एच. आई.वी. के साथ जी रहे बच्चे... उनकी मां हूं; और जितनी बहनें हैं... एच.आई.वी. के साथ जी रही हैं, उनकी बहन हूं.... और भाइयों की बहन हूं...। मैंने छत्तीसगढ़ में कुछ अंतिम संस्कार किये..... एक भाई था... इन्जेक्टेबल ड्रग यूज़र था वो... और वो एच.आई.वी. पॉजिटिव हो चुका था। जब अपने साथ छोड़ चुके थे तब हमने उसका साथ दिया– केयरिंग सपोर्ट प्रोग्राम के थ्रू.... और जब उसका लास्ट टाइम था.... दो दिन पहले मैं उससे मिलने गई तो वो सोया हुआ था.... उसकी कंडीशन नहीं थी कि वो उठ के बैठे, पर वो मुझे देखते ही उठ के खड़ा हो गया। मैंने कहा, भाई ये क्या किया तूने..... फिर कई जगह बात कर उसे न्यूट्रिशन सपोर्ट दिलवाया.... मेडिसिन दिलवाया.... उसी पीरियड में उसकी डेथ हो गयी.... दो दिन बाद....। तो उसका लावारिस बोल के वो ऐडमिट हुआ था, पर जब उसकी डेडबॉडी लेने जब मैं पहुची तो तब हॉस्पिटल के जो डीन थे, सिविलसर्जन थे, उन्होंने कहा कि आप बहन बोल के आइडेन्टिफ़ाई करके इसकी बॉडी लेके जा रही हो....

. बट क्यूं कर रही हो..... ये तो एच.आई.वी. पॉजिटिव है। मैंने कहा, क्यूं क्या एच.आई.वी. पॉजिटिव होना इतनी बड़ी ग़लती है....? तो फिर मैं भी तो एच.आई.वी. पॉजिटिव हूं..... तो इसका मतलब ये नहीं कि मैं आज बड़ी पोजिशन पे बैठी हूं.... मैं ये भूल जाऊं कि मैं उस ग्रासरूट से अगर मुझे किसी ने हाथ नहीं दिया होता... मेरा शान नहीं होती तो मैं आज यहां पे नहीं होती....। मेरे शान ने ही मुझे मेरी कम्युनिटी के सामने बिठाया..... मोटिवेशन दिया..... कि आज हम समाज में लड़े तो किसके लिए लड़ें.... मेरी कम्युनिटी बहुत सक्षम है.... वो अपना अधिकार ताली बजा के ले सकती है। पर आज जो महिला एच.आई.वी. के साथ जी रही है, जिसकी ग़लती न होते हुए, जिसकी कोई रीज़न न होते हुए उसको सज़ा मिलती है, उसके राइट्स के लिये लड़ो.....। जो बच्चे आज एच. आई.वी. के साथ जी रहे हैं, उनका बचपन छीना गया..... मेरा भी बचपन छीना गया.... तो मैं नहीं चाहती कि उन बच्चों का बचपन छीना जाये... उन बच्चों को भी वो बचपन मिले, जो मुझे ना मिला....। तो उनको उनका बचपन दिलाने की मैं कोशिश करती हूं। मैं फ़ील्ड में जाती हूं तो लोग रोते हैं। उन्हें देखके एक अलग फ़ीलिंग आती है कि मैं क्या कर रही हूं। आज एक किन्नर होकर भी अगर मैं ये जॉब छोड़ दूं या सोशल सेक्टर छोड़ कर अपनी कम्युनिटी में जाऊं तो मैं बधाई करके या सेक्स—वर्क करके मैं आज भी अपना पेट पाल सकती हूं। पर नहीं, मेरा मोटिवेशन है कि मैं अपना घर बनाऊं, जहां पर बच्चे अपना बचपन जी सकें, एक बहन या बेटी खुल के अपनी ज़िंदगी जी सके। तो मेरा एच. आई.वी. पॉजिटिव होना बिल्कुल बुरा नहीं लगता.... मैं तो दुनिया को थैंक्स कहना चाहती हूं कि आपने मुझे ये गिफ़्ट दिया.... और ये मुझे इतना अच्छा लगने लगा है कि मैं चाहती हूं कि अगले सौ साल भी मिलें तो मैं एच.आई.वी. पॉजिटिव ही रहूं।

जिनलोगों से आपको ये मिला, उनपर गुस्सा नहीं आता....

शुरू—शुरू में बहुत गुस्सा आता था कि मैंने क्या ग़लती की थी कि मुझे ये सज़ा दी गई। फिर लगता है कि जो उन्होंने मुझे दिया वो मेरे लिए एक मोटिवेशन था जो शायद मेरे पिछले

जन्म का कुछ था जो मुझे इस जन्म में मिला और मैं इसे आगे तक लेकर जाना चाहती हूं....। हमारी स्थिति तो ये है कि आज अगर हमें, हमारी कम्युनिटी को कहीं रहने की बात हो, किसी अच्छे अपार्टमेंट में, तो उसमें कितनी सारी प्रॉब्लम्स आती हैं..... आज समाज में हमें घर नहीं मिलता.... अगर मिलता भी है तो जहां हज़ार रुपये रेन्ट है वहां तीन हज़ार मांगा जाता है, क्योंकि एक्सेप्टेन्स नहीं है। ऊपर से अगर एच.आई.वी. पॉज़िटिव पता चले तो रेन्ट और डबल हो जायेगा। तब मेरे पास ऑप्शन क्या है....

आज मेरे पास कोई स्कीम भी नहीं है। मुझे महंगे राशन की दुकान से अच्छा राशन लेकर अच्छे से खा कर अच्छा रहना पड़ता है। अगर मैं बस में ट्रैवल करूं तो कोई लेडी मेरे बाजू में बैठना पसंद नहीं करेगी.... और अगर उसे मेरे एच.आई.वी. पॉज़िटिव होने का पता चला तब तो कभी नहीं बैठेगी.....। तब मेरे पास क्या है ऑप्शन.... मुझे ऑटो में जाना पड़ेगा.... ज़्यादा पैसे देकर...... जहां बस में दस रुपये में जा सकती थी, वहां मुझे सौ रुपये देकर ऑटो से जाना पड़ेगा।

सामान्य औरत से ज़्यादा सुंदर दिखने के लिए मेरा मेकअप है, मेरा ड्रेसिंग है, मेरी साड़ी है, मेरे कॉस्ट्यूम्स हैं जिसके ऊपर मेरा दसगुना ख़र्च हो रहा है...... आख़ि ये सब मैं अपनी सैलरी से ही मैनेज कर रही हूं..... किसी के सामने हाथ फैलाने नहीं जा रही.....

जब कभी मैं डोनेशन मांगने किसी ऑफ़ीसर के केबिन में जाती हूं तो उनके देखने का नज़रिया अजीब होता है। जब मुझे पहली बार नोडल ऑफ़ीसर की पोज़ीशन दी गई थी तो मुझे एक केबिन एलॉट हुआ था.... दरवाज़े पर एक गार्ड भी दिया गया था.... तो पहले दिन जब मैं ऑफ़िस ज्वायनिंग के लिए पहुंची तो केबिन के दरवाज़े पर बैठे गार्ड ने रोक दिया.... बोला, ''ऐ किधर जा रही हो.... इधर ही रुको.... अभी मैडम नहीं आई हैं... अभी आपके कम्युनिटी वाले आये नहीं और आपलोग अभी से आने लगे...।''

तो उस गार्ड की मेंटिलिटी क्या थी मेरे लिए.....। इसके बाद जैसे ही मेरे प्रोजेक्ट डायरेक्टर आये और अपने पूरे स्टाफ़ के साथ मुझे इन्ट्रोड्यूस कराया कि ये नोडल आफ़ीसर है, ये आपलोगों के साथ काम करेगी, आपको यहां बैठना है, ये आपका केबिन है, ये कुर्सी है, ये गाड़ी है, ये ड्राइवर है, तो वो गार्ड मेरी तरफ़ बहुत देर तक हैरत से देखता रहा....।

मैं अपने पर प्राउड फ़ील करती हूं कि मेरे माता–पिता ने मेरे को दसवीं तक कान्वेंट में एजुकेशन दिया, जिससे कि आज मेरी इंग्लिश इतनी अच्छी है कि मैं लोगों से जब बात करती हूं तो लोग मेरी तरफ देखते रह जाते हैं कि इतनी अच्छी इंग्लिश है तो ये किन्नर नहीं हो सकती.... यह लड़का होगा.... मैं किन्नर हूं इसका मतलब ये नहीं कि मैं इंग्लिश नहीं बोल सकती.....

जैसे आज के टाइम में कंप्यूटर सबके लिए इंपॉर्टेंट हो गया है, टेक्नोलॉजी इतना आगे निकल चुका है तो मैं क्यों पीछे रहूं.....

तान्या

आप जब बस या ऑटो में बैठती हैं तो कैसा अनुभव होता है साथ में बैठे लोगों का......

अगर ऑटो में मैं ऑफ़िस जाती हूं नौ बजे घर से निकलती हूं ऑफ़िस जाने के लिये तो जहां मैं ऑटो में बैठती हूं तो अगर कोई मेल मेम्बर आया तो इट्स ओके..... वो बैठ जाता है, बट अगर कोई फ़ीमेल आती है तो वो पहले पांच मिनट देखती है, मुझे लगता है कि वो डिसाइड करती है कि मतलब बैठूं कि नहीं बैठूं..... ये क्या चीज़ है..... ये क्या... मटेरियल क्या है.... ठीक है, इस तरह की सोच वो लोग डालते हैं.... और बैठने से पहले पांच मिनट सोचेंगे..... फिर बैठ जाते हैं, पता नहीं कन्फ्यूजन में बैठते हैं

कि उनको जाना होता है जल्दी.... लेकिन बैठ जाते हैं.... तो इस तरह की चीज़ें हैं अभी....।

अगर पूछूं कि अगले जन्म में आप क्या बनना चाहेंगे या पसंद करेंगे, तो.....

मुझे इस बात का बिल्कुल भी अफ़सोस नहीं है कि मैं इस जन्म में एक किन्नर में पैदा ली हूं और मैं चाहूंगी कि मैं हमेशा किन्नर बन के ही, मतलब जन्म लूं ताकि ये जो संघर्ष वाली जो ज़िंदगी होती है न, वो बहुत ही अच्छी होती है। ऐसे तो नॉर्मल सबलोग कमाते हैं, खाते हैं, घूमते हैं, अपने तक ही रह जाते हैं। आजकल के टाइम में किसी के पास नहीं है दूसरों के लिये सोचने के लिये। लेकिन आज की डेट में जब हमलोग काम कर रहे हैं, तो आम जनता को भी देख रहे हैं, वो सारे दुखी हैं....

सोनिका

कोई सुखी नहीं है, तो इससे अच्छा है न कि मैं हूं... मैं फ़्री हूं... कम–से–कम मैं समाज के लिये सोच रही हूं, समाज के लिये सोच रही हूं, उनका दर्द बांट रही हूं....।
मैंने एक कविता लिखी है, जो मेरी लाइफ़ के ऊपर ही है...... आप बोलो तो मैं सुनाऊं.....

उसने सहमति के लिए मेरी ओर क्षणभर को देखा पर बिना मेरे किसी इशारे का इंतज़ार किए वो शुरू हो गई.....

क्यों मुझ देखते ही दूर भागते हो.....
क्यों मुझे देखते ही नज़र घुमा लेते हो....
आखिर क्या देख कर मुझ पर हंसते हो....
आखिर क्यों मुझे नीच निगाहों से देखते हो
क्या बात है कि अपने भी हमसे रूठ गए

क्या बात है कि मां–बाप भी हमें भूल गए
ऐसा क्या अपराध किया हमने
कि समाज ने हमें अलग किया
ऐसा क्या अपराध किया कि कोई हमारा ना हुआ
बात सिर्फ इतनी थी
ना होकर भी मैं एक नारी थी
मां–बाप की लाज बचाने को बहुत क़ैद रखा अपने को
पैंट और कमीज में
दुनिया से छुपा तो ले अपनी अंदर की नारी को
पर कब तक
शायद ये जवाब मैं भी ना जानती थी
जानती थी मैं सिर्फ़ इतना
कि मेरे अंदर एक नारी जवान हो रही थी
जब भी आईने के सामने आती
सिंगार से अपने को रोक नहीं पाती
अब तक नर के वेश में नारी की तरह सिंगार करती
लड़की की तरह आइब्रो बनाती.... नाखून बढ़ाती
चोरी–छुपे लड़की के कपड़े भी पहन लेती
पर कब तक ऐसा
अब अपने आप से मैं अक्सर सवाल करती
एक वक़्त वो भी आया जब जवानी मेरी दहलीज़ पर थी
हाव–भाव ज़रा दूसरों से हटके थे
क्योंकि नर के रूप में मैं नारी जो थी
उठना–बैठना, चलना.... सब गुण तो नारी के थे मुझ में
न था मुझ में तो बस एक नारी का तन
अब भी मेरी आंखों में आंसू छलक जाते हैं
जब याद करती हूं मैं गुज़रा पल
वो गली में लड़कों का ताना कसना
मौक़ा मिलते ही मुझ पर ज़ोर–ज़बरदस्ती करना
मैं शायद उनके लिए वो वस्तु थी
जिसका उपहास और तंग करके खुश होते थे
मां–बाप ने भी बदनामी के डर से मुझे ही दोष देकर
अपना पल्ला झाड़ लिया....

कैसे भूल सकती हूं उस रात को
जब घर के दरवाज़े हो गए मेरे लिए बंद....
रेलवे परिसर में रात बिताई.....
किस और जाऊं ये बात मुझे समझ में नहीं आई....
आख़िर जीना तो था
पेट अपना पालना तो था.....
मन में यह भी लालच था कि कुछ कर दिखाऊं
सब दरवाज़े बंद हुए तो क्या हुआ
मैं अर्धनारी हो कर भी दुनिया में नाम कमा लूंगी
ना सिर्फ तन–मन नारी का पाया
अपने बूते पढ़ाई–लिखाई करके पैसे कमाए
आपदाओं को लांघ देश–विदेश में नाम भी कमाया......
आज जब उन लड़कों के बारे में सोचती हूं
आख़िर क्या मिला मुझे छेक कर उस अंधेरी रात में
मुझसे ग़लत करके.....
वे पहले मेरे को पागल करार देते थे
        अब शर्म के मारे वह खुद मेरे से
        आंख नहीं मिला पाते....

मैं एक किन्नर हूं और मैं अपना अस्तित्व ज़िंदा रखना चाहती हूं..... ना मुझे कोई लॉ चाहिये, ना मुझे कोई कॉन्स्टीच्यूशन चाहिये, ना मुझे कोई चाहिये कि मैं अपने आइडेन्टिफ़िकेशन को छुपाऊं। सैलरी अकाउन्ट ओपेन हुआ मेरा.... और उसमें एक कॉलम था कि 'थर्ड जेन'– 'टी'– लिखा हुआ था, तो मैंने उसके ऊपर 'टिक' कर दिया। मेरा पासपोर्ट और आधार–कार्ड ट्रांसजेंडर का बना हुआ है...... तो मैं जब 'टी' बोल के क्लिक की तो अकाउन्ट तो खुल गया, मेरे पास चेकबुक आ गया, पासबुक आ गया..... पर मेरा डेबिट कार्ड इश्यू नहीं हो रहा है जस्ट बिकॉज़ मैं एक ट्रांसजेंडर हूं। ये तीसरी बार हुआ। इसके पहले मेरा यू. एस. वीजा होल्ड पर था, क्यूंकि मेरा पासपोर्ट कह रहा है, मैं ट्रांसजेंडर हूं, मेरा वीजा एप्लीकेशन कह रहा है मैं फ़ीमेल हूं...... अब वो जो काउन्सिलर बैठा है, जो वीजा देने के लिये वो कन्फ्यूजन में है कि मैं कौन–सा वीजा दूं इसको– मेल दूं... फ़ीमेल दूं.... या फिर

ट्रांसजेंडर दूं...। जब हम बाहर कहते हैं कि योरोपियन कन्ट्रीज़, वेस्टर्न कन्ट्रीज़ आगे है इन चीज़ों में तो आज उनके अन्दर भी उतना सैन्सेटाइजेशन होना बहुत ज़रूरी है। जब मैं साउथ अफ़्रीका जा रही थी, तो मेरा वीजा मेरे को फ़ीमेल बोल के ही मिला था, पहला वीजा भी फ़ीमेल बोल के ही..... जब इमिग्रेशन की बात आयी, मुझे ऐसा क्वेश्चन किये जा रहे थे जैसे कि मैं कोई क्राइम कर के भाग रही हूं इन्डिया से.....। गल्फ़ कन्ट्रीज़ में पहुंची. ... गल्फ़ कन्ट्रीज़ में भी बहुत-सारे सवाल हुए..... बहुत-सारे क्वेश्चन्स किये इमिग्रेशन ने... कि आपको ये जेंडर कहां से मिला, आपने ये पासपोर्ट कहां से बनाया, कैसे अप्लाइ किया.... मुझे... मतलब... तब उनको पूरी कहानी समझानी पड़ी। सुप्रीम कोर्ट का जज़मेंट दो सौ पन्नों का दिखाना पड़ा... ये जज़मेंट कहता है..... ये मेरी आइडेन्टिटी है....।

तान्या

मुझे इस बात का बिल्कुल भी अफ़सोस नहीं है कि मैं इस जन्म में एक किन्नर में पैदा ली हूं और मैं चाहूंगी कि मैं हमेशा किन्नर बन के ही, मतलब जन्म लूं ताकि ये जो संघर्ष वाली जो ज़िंदगी होती है न, वो बहुत ही अच्छी होती है। ऐसे तो नॉर्मल सबलोग कमाते हैं, खाते हैं, घूमते हैं, अपने तक ही रह जाते हैं। आजकल के टाइम में किसी के पास नहीं है दूसरों के लिये सोचने के लिये। लेकिन आज की डेट में जब हमलोग काम कर रहे हैं, तो आम जनता को भी देख रहे हैं, वो सारे दुखी हैं.... कोई सुखी नहीं है, तो इससे अच्छा है न कि मैं हूं... मैं फ़्री हूं... कम-से-कम मैं समाज के लिये सोच रही हूं, समाज के लिये सोच रही हूं, उनका दर्द बांट रही हूं....।

पढ़ना-लिखना, काम करना.... ये सब तो ठीक है, पर मैं एक किन्नर हूं, ये बहुत बड़ी सच्चाई है। कला तो हमारे ख़ून में

ही होती है। नाचना–गाना, हंसना.... खाना बनाना.... बहुत सारे हमारे कम्युनिटी के लोग हैं जो अच्छे अच्छे ब्यूटीशियंस हैं, मेहंदी अच्छा लगाती हैं, खाना बहुत अच्छा बनाती हैं, नाचने में बहुत अच्छी हैं, गाती बहुत अच्छा हैं..... और हमारी तो ये प्रथा चलती आयी है कि जहां कुछ इस तरह का काम हुआ, हम लोगों को बुलाया जाता है। हम लोग अपने नृत्य से, गान से, सब लोगों का मनोरंजन करके, खुशी देके, दुआ देकर निकलते हैं। लेकिन इसके साथ–साथ हम लोग पढ़ाई करते हैं, काम करते हैं, समाज के साथ जुड़े रहते हैं....।

रंजू

सोनिका और तान्या ने अपनी बात कह दी.... आपका अनुभव क्या है रंजू....

सर जी, मैं अगर सीधे से एक औरत की तरह से चलना भी चाहूं तो मुझे औरत की तरह से लोग चलने भी नहीं देना चाहते हैं। पैदल आना पड़ता है। थोड़ा–सा वो बिना बताये मेरे पीछे तालियां बजाते हैं, जैसे कि मेरी ताली ही पहचान हो। ताली कौन नहीं बजाता है.... जब भाषण होते हैं तो ये ताली किसकी होती है....? ये हिजड़ों की ताली होती है...... जो आप मुझे उस पहचान को पहचान दिलाना चाहते हो....? ये प्रॉब्लम सबसे ज़्यादा है कि मेरी... अगर मैं अपने आप को एक औरत की तरह से रखना चाहूं तो वो मेरी मर्द वाली पहचान बताते हैं और अगर उस पहचान को ना दिखाऊं कि मैं एक हिजड़ा पहचान में हूं..... तो वो उस पहचान को भी बताना चाहते हैं कि आप हिजड़ा ही हो.....!

ये टैबू जो खड़ा हुआ है उसके लिए तो कहा ही नहीं जा सकता कि किस तरीके से इसको दूर किया जा सकता है.... फिर भी आपकी तकलीफ–भरी ज़िंदगी को मैं समझ सकता हूं....

तकलीफ़ तो क्या.... हमारी ज़िंदगी ही तकलीफ़ है... क्योंकि हर समय, एक ही चीज़ के लिए, एक पहचान की लड़ाई के लिए लड़ते–लड़ते ही ज़िंदगी ख़त्म हो जाती है। बहुत बार एक महिला के रूप में रहने के बाद भी हम लोग पुरुष–पहचान के रूप में टारगेटेड की जाती हैं। तो तकलीफ़ों का तो हमारे अन्त ही नहीं है.... कितनी लिस्ट, कितनी डायरी तैयार हो सकती हैं, कहा नहीं जा सकता। मैं अभी–अभी की बात बताती हूं कि चार से पांच समाजसेवी संस्थाओं के प्रमुख संस्थानों के व्यक्ति थे और उन्होंने पुरुषवादी लहज़े में मुझसे बात की। वो समाज बदलने के लिए चल रहे हैं और एक पहचान को देख कर भी उनकी आवाज़ नहीं बदल रही है.... इससे बड़ा क्या दर्द होगा कि जो लोग समाज को बदलने वाले कदम में लगे हुए हैं वो लोग भी बदलने को तैयार नहीं हैं।

इतने दर्द हमने झेले हैं कि हमारे सीने पत्थर के हो गये। जैसे कोई कहता है कि बहुत डरावनी–सी लगती हैं..... मतलब हमें लोग भीख दे सकते हैं लेकिन वो सम्मान नहीं दे सकते, क्योंकि हमारी पहचान बन चुकी है कि इनसे थोड़ा दूर रहो.... इनसे थोड़ा बचकर के रहो....। हमारी ज़िंदगी एक लड़के से लड़की की तरफ़ जब गई, उसके बीच में जो स्थितियां आईं; यानी मैंने घरवालों की बात न मानकर, समाज की बात ना मानकर अपनी पहचान में जो गई, उनके बीच में इतने दर्द मिले कि हमारे दिल पत्थर हो गये.... कोई ऐसा मौक़ा ही नहीं बचता है कि हम अपने दिल की बात उनके सामने रख पायें। इमोशन तो एकदम ख़तम ही हो जाता है।

रंजू, क्या आपके परिवार में कोई और सदस्य भी आपकी इस पहचान में.....

मेरा वाक्य पूरा हो, उससे पहले रंजू जैसे बिफर–सी पड़ी।

किसी परिवार में एक या दस ट्रांसजेंडर नहीं हो सकते....
इस तरह के क्वेश्चन लोग पूछते हैं कि आपका भाई भी तो ऐसा नहीं है, आपकी बहन भी तो ऐसी नहीं है..... बहुत ग़लत क्वेश्चन है ये..... भई, मेरी पहचान मेरी है, आपके भाई की पहचान आपकी तरह से है क्या या आपकी बहन की पहचान आपकी तरह से है.... कभी नहीं। तो मेरी पहचान कैसे मेरे भाइयों और बहनों या मेरी मां और मेरे फादर की तरह से हो सकती है.... ये मेरी ज़िंदगी की पहचान है कि मैं जो हूं, वह मैं चाहती हूं, उसको भगवान् ने उस शक्ल में नहीं दिया तो मेरी क्या ग़लती है या मेरे परिवार वालों की ग़लती है.....

सर जी, सबसे ज़्यादा रोना आता है कि हमारे परिवार ने हमें स्वीकार नहीं किया तो समाज ने भी स्वीकार नहीं किया..... और समाज ने नहीं स्वीकार किया तो परिवार ने स्वीकार करना ही नहीं था। अगर हमारी पहचान कहीं से ग़लत हो तो ये बातें कही जा सकती हैं; लेकिन समाज को क्या समझाया जाए कि वह हमारी स्वीकार्यता हमारे परिवार में उसी तरीक़े से करा पाए, जिससे कि हमारी आगे की ज़िंदगी खुशी से बीत सके।

कब लगा कि आपको कि आप आज जिस रूप में हैं, उस रूप में आपको आगे भी रहना है...

2013 से मैंने अपने आप को पूरी तरीक़े से एक महिला के तौर पर रखना शुरू किया। मैंने अपने बाल बढ़ाए और अपने शरीर को विकसित किया। लेकिन देखा जाये तो जब मैं बारह साल की थी, उसी समय मुझे पता चल चुका था कि मेरी पहचान कुछ अलग है। मैं सोचती थी कि मैं अकेली हूं क्या.... लेकिन मैं अकेली नहीं थी....। जब मैंने लखनऊ में बैचलर में एडमिशन लिया तो बहुत सारे दोस्त सामने आए..... तब जाके पता चला कि हमारी जो पहचान है, उसमें ऐसे बहुत लोग हैं और बहुत अच्छी ज़िंदगी जी रहे हैं, अपने अकेलेपन के साथ, अपने परिवार से बिल्कुल अलग....। तो मुझे भी लगने लगा कि मैं भी अपने को अकेले रख

सकती हूं.... मेरी पहचान ही मेरी आज़ादी है और मैं उस पहचान को, इस आज़ादी को नवंबर–2013 तक पूरी तरीक़े से पा सकी।

इससे पहले मैं पुरुष पहचान में ही रहती थी लेकिन आंतरिक तौर पर कहीं से भी मैं उसको स्वीकार नहीं करती थी कि मेरे में जो बदलाव हैं, शारीरिक या अटायर..... मतलब कपड़ों की पहचान है जो है वो है, लेकिन मानसिक तौर पर तो मैं महिला ही थी।

आपने शिक्षा कहां तक कर रखी है.....

मैं अभी रिसर्च स्कॉलर हूं...... सोशियोलॉजी से मगध यूनिवर्सिटी से 'सोशियो इकोनामिक स्टेटस आफ ट्रांसजेंडर्स इन बिहार' में रिसर्च कर रही हूं।

मेरी क्षमताओं के ऊपर कोई यह नहीं कह सकता... जिस तरीक़े से बहुत बार हमारे समुदाय के ऊपर यह आरोप लगता है, निशान लगते हैं कि ये पढ़े–लिखे नहीं हैं.... ज़ाहिलों–जैसी हरकतें करते हैं। अरे बाबा, मेरी ज़िंदगी को जीने के लिए मौक़ा इस समाज ने कब दिया.... कि मैं ज़िंदगी को जी पाऊं....

मेरी मदर बहुत पढ़ी–लिखी हैं और उनका बहुत सपोर्ट रहा है और अपनी कम्युनिटी के लिए मैं एक पैर पर खड़ा रहके काम कर रही हूं और मेरा समुदाय मुझसे कभी, मुझे नहीं लगता कि दुखी है कि हमारे कार्यक्रमों से कि उनकी पहचान सामने आती जा रही है और जितना ही वो लोग आगे आयेंगे, उतनी ही हम अपनी मज़बूत पहचान के साथ, अपनी जीविका की लड़ाई, अपने सम्मान की लड़ाई, सब चीज़ की लड़ाई लड़ेंगे.....।

हां, शुरुआत के बारे में तो मैं नहीं कह सकती क्योंकि मानसिकता ऐसी चीज है जैसे शरीर के साथ मन जुड़ा हुआ रहता है; तो ये तो अनन्त है; क्योंकि शरीर है तो मन भी है, मन है तो शरीर भी है.... हमारे जीविकोपार्जन से हमारी लैंगिकता जुड़ी हुई है यानी एक पुरुष–शरीर में मैं एक नारी हूं।

एक बात बताइये रंजू, समाज में हिजड़ा जिसे कहते हैं... और ट्रांसजेंडर— तो दोनों के अर्थ अलग-अलग हैं या एक ही है....

दोनों के अर्थ एक ही हैं.... पहली बात ये है कि हिजड़ा एक ट्रेडिशन है, जिसे लैंगिकता की मान्यता मिल गई है। ट्रांसजेंडर जो आइडेन्टिटी है तो वो यही है कि मैं एक औरत हूं..... मैं अगर एक पुरुष होने के बाद भी एक औरत हूं तो मुझे जीविकोपार्जन के लिए कौन-से साधन सरकार ने या समाज ने स्वीकार किये हैं, ये हमें बताने की ज़रूरत है।

जब भी कोई अपने आप को इस परिवर्तन के दौर में ले आता है यानी किन्नर या ट्रांसजेंडर बोल कर सामने आता है तो उसके लिए जीवन जीने के लिए सबसे बड़ी लड़ाई होती है कि उसको सामाजिक स्वीकार्यता नहीं मिलती..... तो उसे एक ही रास्ता मिलता है भीख मांगने का..... और इस रास्ते में ही 'हिजड़ा' शब्द लैंगिकता के साथ जुड़ जाता है।

वैसे मैंने कहीं पढ़ा है कि हिजड़ों के चार प्रकार जाने जाते हैं बुचड़ा, नीलिमा, मनसा और हंसा..... इनमें से बुचड़ा को वास्तविक किन्नर या हिजड़ा कहा जाता है.... आप बेहतर बता सकती हैं इस बारे में....

ये सारे प्रकार पुरानी पद्धतियों में प्रचलित हैं। 'बुचड़ा' को आज के संदर्भ में 'इन्टरसेक्स' बोला जाता है, यानी जिनके अंदर पहले से दो लैंगिकता मौजूद रहती है— स्त्री की भी और पुरुष की भी। ये शारीरिक रूप से रहती है। दूसरी मानसिक रूप से हो गई, जिसमें सबसे ज़्यादा संख्या ट्रांसजेंडर की है कि शरीर तो पुरुष का है, मन नारी का है और नारी के रूप में रहने से वो एक किन्नर की अपनी पहचान को इंगित करती है।

सुप्रीम कोर्ट ने भी यही कहा है कि आप खुद से बोलो कि आप पुरुष हो, महिला हो या कुछ अलग हो..... या दोनों ही हो या दोनों को नहीं मानते हो, वह आपको बोलना पड़ेगा.....

वैसे जो भी किन्नर होते हैं वह ज़्यादातर अपने को स्त्री–रूप में ही प्रोजेक्ट करते हैं.... इतिहास में बहुत सारे उदाहरण मिलते हैं.... अलग–अलग कालखंडों में किन्नरों की उपस्थिति मिलती है... राजाओं के रनिवासों में किन्नरों की नियुक्ति की जाती थी... मुगलों के काल में भी इस तरह की चीज़ें रहती थीं.... तो कुछ उसके बारे में बता सकती हैं.....

साहित्य में बहुत खुला हुआ वर्णन नहीं है.... जैसे यक्ष.... किन्नर.... गंधर्व.... इनमें यक्ष के बारे में बात होती है, गंधर्व की बात होती है; पर किन्नरों के बारे में, उनके रहन–सहन या परम्पराओं के बारे में बहुत कम है।

अच्छा ये बताइये, आपकी धार्मिक मान्यताएं या आस्थायें क्या हैं....

बहुत जगहों पर अलग–अलग हैं। साउथ में आरावन देवता हैं.... फिर बहुचरा माता हैं गुजरात में.... जिनको ट्रांसजेंडर गॉड के रूप में बोला जाता है.... इस तरीके से उपल्लम एक जगह है जहां हफ़्ते–दो–हफ़्ते तक पूजा चलती है। लेकिन जब मैं एक औरत हूं तो मैं सिर्फ़ औरत हूं। मैं किसी धर्म को मानूं या जिस भगवान को मानूं, ये हमारे ऊपर निर्भर है..... लेकिन जो संस्कृति है, उसे हम बरकरार रखती हैं।

वो किस तरह से.....

पुराने समय में जो आज आरावन या बहुचरा या इनकी जो सांस्कृतिक रूप से पहचान मिलती है, तो वो हिंदू देवी–देवताओं की ही तरह पूजे जाते थे; लेकिन आज के समय में. ... ख़ास तौर से मुगल शासन के आने के बाद से सभी किन्नर, जो अपने आप को हिजड़ा कहके संबोधित करती हैं, वो ज़्यादातर मुस्लिम धर्म को ही फॉलो करती हैं।

यहां मैं बता दूं कि ये उत्तर भारत की ज़्यादा परंपरा है....
लेकिन दक्षिण भारत में ऐसा कुछ नहीं है, वहां पर तो आरावन
देवता को ही माना जाता है और उन्हीं की पूजा की जाती है।

**जैसे हर धर्म में अंतिम संस्कार का एक रूप होता है....
आपके यहां इसका क्या स्वरूप है... कैसे करते हैं....**

जो ट्रांसजेंडर हैं, वो तो अपने धर्म का पालन करते हैं;
लेकिन जो लोग हिजड़ा पहचान में हैं और उसके ज़रिये
जीविकोपार्जन कर रही हैं; पुरानी परंपरा के अनुसार उन्हें खड़ी
क़ब्र में दफ़नाया जाता था.... क्योंकि पुरानी परंपराओं में ये था कि
हम कम जगह ले कर अपने शरीर को इस दुनिया से रुख़्सत
करें।

**ऐसी बहुत सारी किन्नरें हैं जो शिक्षित हैं और सार्वजनिक
जगहों पर अच्छे पदों पर आसीन हैं..... जैसे दक्षिण भारत में एक
न्यूज़ रीडर किन्नर हैं.....**

हां, वो पहले एचआईवी एड्स से रिलेटेड प्रोजेक्ट हाउस
में काम कर रही थीं। उनका नाम विजयलक्ष्मी है। 2014 में उन्होंने
ज्वाइन किया.... बहुत ही प्रखर न्यूज़ रीडर के रूप में
जानी—पहचानी जाती हैं। उनको ज़िंदगी में बहुत परेशानी हुई है....
अभी भी चल रही है..... लेकिन तब भी वो लगातार काम कर रही
हैं।

**मानवी बंधोपाध्याय भी भारत में ज्यादा पढ़ी—लिखी और
सफल किन्नरों में से एक हैं। अमृता सोनी ने एमबीए वगैरा किया
हुआ है, कई डिग्रियां ली हैं..... आप भी स्वयं शिक्षित हैं.... तो ऐसी
बहुत सारी किन्नरें होंगी जो शिक्षित होंगी और सार्वजनिक जगहों
पर भी अच्छे पदों पर आसीन होंगी.... बैंक में कई किन्नर हैं
जिनके बारे में मुझे थोड़ा—बहुत ज्ञान है....**

हमारी एक दोस्त ऐश्वर्या कस्टम एक्साइज ऑफीसर हैं....
और वो उड़ीसा में पोस्टेड हैं।

असल में दिक्कत क्या है कि अगर कोई स्त्रीयोचित पुरुष है तो उसे बहुत ही ग़लत शब्दों से बुलाया जाता है। अगर वो अपने आप को एक औरत के तरीक़े से लाए तो उसे लोग 'छक्का' या 'मामू' या कुछ बोलते हैं.... तो ये बहुत ही ग़लत है। वो अपने आप को औरत मानती है तो उसे औरत मानिए..... जो जिस तरीक़े से ज़िंदगी जीना चाहे, उसे आज़ाद तरीक़े से जीने दीजिये..... अगर वो अपने आप को औरत मान कर आज़ाद है, तो उसे क्यों एक पुरुष कपड़े में बंद करके रखें। उसके शरीर पर या किसी के सिर पर तो नहीं लिख दिया जाता कि वो ट्रांसजेंडर है या क्या है; वो अपनी पहचान के लिए खुद लड़ रही है और अपने आप को स्थापित कर रही है।

मानवी बंधोपाध्याय पूरी इंडिया में ऐसी प्रिंसिपल हैं जिनको इतना दबाव मिला कि उनको इस्तीफा तक देने की नौबत आई लेकिन उनके वहां के शिक्षा मंत्री ने उन्हें मना लिया और फिर उन्होंने कहा कि हम उन स्थितियों को सुधारने का प्रयास करेंगे। तो कहीं−न−कहीं सामाजिक स्वीकार्यता की बहुत आवश्यकता है। हम अपनी लड़ाई कितना भी लड़ लें, अगर आप हमें स्वीकार नहीं करोगे तो हमारी ज़िंदगी एकदम से बंद डब्बे में चली जाएगी।

जब हम अपने आप को सुधार करके समाज से जोड़ रही हैं तो हमें भी आप जोड़िए..... हमदोनों के हाथ मिलेंगे और हमारा हृदय जिस तरीक़े से आपके मन को और छुअन को महसूस करने के लिए खुला हुआ है..... इस तरीक़े से आप भी अपने हृदय को खोलें और हमें अपने से जोड़ें.... हम आपसे जुड़े हैं, आपसे दूर नहीं हैं.... हमारा समाज आपसे दूर नहीं है....

हम लोग ज़्यादा−से−ज़्यादा काम करने वाले लोग हैं.... चाहे जीविकोपार्जन हो या अपनी लैंगिक पहचान को लेकर.... कि जिस तरीक़े से मैं एक पुरुष पहचान से एक औरत पहचान तक जाती हूं और अपनी ज़िंदगी को जीती हूं..... अपनी लड़ाई लड़ती हूं..... अपने प्यार के लिए लड़ती हूं..... पति के प्यार..... घर के प्यार.... मां के प्यार..... बाप के प्यार.... गुरु के प्यार..... चेलों का

प्यार–दुलार..... इन सब चीज़ों को लेकर हर समय ये लड़ाई चल रही है.... पूरी तरीक़े से चल रही है....।

पिंकी

तबतक पिंकी दरी से उठकर कैमरे के सामने आ गई थी.....

सर जी, सामाजिक स्वीकृति तो मिल ही रही है, क्योंकि आज का मीडिया बहुत ही जागरुक हो चुका है। आप ही इत्ता बड़ा काम कर रहे हैं.... हमारा इंटरव्यू करके 'यू–ट्यूब' पर डालेंगे तो बड़ा काम हुआ न.... लोगों को जो सेन्सीटाइजेशन हमारी कमेटी की तरफ से पहुंच रहा है या मीडिया के थ्रू जो लोग हमें देख रहे हैं, उससे इतना तो समझ में आ ही रहा होगा कि ट्रांसजेंडर होते हैं और वो भी इंसान हैं। वो अलग नहीं हैं। कुछ लोग इस चीज़ को समझते हैं पर समाज का बहुत बड़ा वर्ग अभी भी ये मानने को तैयार नहीं है कि हमारे बहुत सारे इश्यू हैं.... उन्हें हमारे साथ चलने में प्रॉब्लम है.... बात करने में प्रॉब्लम है। उनके अन्दर यही रहता है कि हम कुछ भी बोल देते हैं, मार–पीट करने लगते हैं या कुछ भी कर सकते हैं.... ये हमसे बहुत अलग हैं...।

मैं कह सकती हूं कि इसके पीछे अशिक्षा है..... जानकारी का अभाव है। अगर आप हमें थोड़ा–सा समझोगे तो ये जो दूरियां हैं जो मेरे साथ चलने में या मेरे साथ बात करने में प्रॉब्लम लाती हैं या इससे किसी को परेशानी होती है तो सारी दूरियां और सारी परेशानियां खत्म हो जाएं अगर आप हमें जानोगे। हमलोग भी पढ़ी–लिखी हैं आपकी तरह.... ऑफ़िस में काम संभालती हैं....मैं खुद भी बहुत ब्लेस्ड हूं कि मैं पटना में हूं और पटना की हूं तो जब भी मैं देखती हूं अपनी कम्युनिटी में, अपने फ्रेंड्स को जो मेरी बहुत क्लोज्ड हैं; वे अच्छी–अच्छी जगहों पर काम कर रही हैं।

वन ऑफ द ट्रांसजेंडर इज़ मोनिका दास... शी इज़ द फ़र्स्ट ट्रांसजेंडर बैंकर इन इंडिया.... और अमृता सोनी जो स्टेज प्रोग्राम मैनेजर हैं.... और खुद बहुत बड़ी आईकॉन हैं। रेशमा प्रसाद हैं जो एक सोशल एक्टिविस्ट हैं.... वो ना धूप देखती हैं ना छांव

देखती हैं..... सिर्फ अपने स्वाभिमान और अपने अधिकार और सोसाइटी में विजिबिलिटी के लिए लड़ाई लड़ रही हैं। डिंपल यास्मीन एक 'एड्स काउंसिलर' हैं। भले ही ये अकेली चल रही हों.... किसी धूप में या किसी जगह पर भले ही हममें से कोई उनके साथ ना हो, पर उनकी आवाज़ सिर्फ़ उनकी नहीं, पूरे समुदाय की आवाज़ है।

जहां तक मेरी बात है तो मैं काउंसलर हूं। मैं 'पटना नेटवर्क फॉर पीपल लिविंग विद एचआईवी ऐड्स सोसायटी' से जुड़कर एचआईवी संक्रमण और जो एचआईवी पॉजिटिव पर्सन हैं, उन पर काम कर रही हूं। मुझे कभी फ़ील नहीं होता कि मुझसे सामने वाले को कुछ प्रॉब्लम हो रहा है.... मुझसे या व्हाई शी लुकिंग लाइक दैट.... मुझे ऐसा लगता है कि मेरा काम ही मेरी पहचान है.... मैं ट्रांसजेंडर हूं.... यही मेरी सेक्सुएलिटी है और जहां आइडेंटिटी की बात होती है तो मैं यही कहना चाहूंगी कि हर इंसान को अपने काम से ही अपनी आईडेंटिटी बनानी चाहिए....

जब भी मैं काम करने बैठती हूं तो बहुत सारे न्यूली डिटेक्शन के क्लाइंट आते हैं..... एचआईवी पॉजिटिव जो हो जाते हैं.... जब वे हमारे सेंटर में आते हैं और जब वहां पर उनकी काउंसलिंग करने के लिए बैठती हूं तो वे यही कहते हैं कि हां मैडम, हमें पता है कि ये कैसे फैलता है।

आपने एड्स की बात की है... तो इसके पीछे आप सबसे बड़ा कारण कौन—सा जान पाई हैं, जिसकी वजह से लोग आपके पास आते हैं....

मैं हमेशा जेनरल पापुलेशन को एक ही चीज़ कहती हूं कि अगर हम जागरूक रहेंगे तभी हम दूसरे को जागरूक बना पाएंगे, अगर हम छे महीने में अपना एचआईवी टेस्ट कराएं। मुझे पता है मैं एचआईवी पॉज़िटिव नहीं हूं; फिर भी मैं हर छे महीने में एचआईवी टेस्ट कराती हूं।

अच्छा, आपकी ज़िंदगी के शुरुआती दौर कैसे थे....

पहले ज़िंदगी डरी हुई थी.... एक होता है ना कि एक पिटारे में बंद जैसे एक सांप होता है.... उसकी ज़िंदगी उसके आगे कुछ नहीं रहती... तो मैं भी बंधी हुई थी। मैं अपनी स्टडी में भी जाती थी तो कोशिश करती थी कि औरत वाली ड्रेस ना पहनूं.... बाल वगैरह जो भी थे, मैं उसको बांध कर जाती थी..... मुझे बहुत सारे कमेंट सुनने पड़ते थे। मुझे मेरी सेक्सुएलिटी का पता बहुत पहले चल गया था जब मैं दस या ग्यारह साल की थी। मुझे पता चल गया था कि मैं कुछ अलग हूं दूसरों से.... एक मेल का अट्रैक्शन होता है लड़कियों के साथ, वैसा कुछ नहीं था मेरे अन्दर....। लड़कियों के साथ खेलना अच्छा लगता था.... लड़कियों के कपड़े पहनना... मम्मी की ज्वेलरिज़ पहनना.... सब अच्छा लगता था।

घरवालों को ये लगता था कि अभी तो ये बच्चा है.... वैसे ही ये सब कर रहा है....। उनलोगों को लगता था कि उम्र के साथ ये ख़त्म हो जाएगा। बट, सफ़र वहीं से शुरू हुआ.... जिसको लोगों ने समझा नहीं..... वो सच्चाई थी.... जो 2014 में मैंने अपने सोशल एक्सेप्टेंस के साथ.... उस चीज़ को अपने शरीर में, अपने कपड़ों के ज़रिए लोगों के सामने लाई।

अभी मैं बहुत सारे ऐसे लोगों को जानती हूं जो ट्रांसजेंडर हैं, बट सिर्फ़ अपनी फ़ैमिली के प्रेशर में उन्होंने ऐसे-ऐसे काम कर रखे हैं, जो.... आई थिंक मैं बता नहीं सकती.... कपड़े पहनने से जो मैं आज बन गई हूं, मुझे बहुत सारी नेगेटिविटी झेलनी पड़ती है। लोग अलग-अलग तरह की बातें बोलते हैं.... अभद्रता.... बहुत-सारे इल्ज़ाम.... अट्टहास करते हैं मेरे ऊपर.... मेरे चेहरे को लेकर कमेंट होता है.... बहुत सारे लोग हंसते हैं कि ये क्या है.... अरे, ये तो ये देखो.... वो देखो.... मुझे तो पता भी नहीं कि वे क्या बोलते हैं.. मामू... छक्का... मैंने तो कभी सुने भी नहीं थे ये नाम.... ।फिर भी, अगर मैं सही हूं ना, तो दुनिया चाहे कुछ भी कह दे, एक दिन दुनिया को ज़रूर पता चलेगा..... और मैं इसी विश्वास के साथ इस कपड़े को पहनती हूं....

मेरे पिताजी तो हैं नहीं... अपनी मां को भी मैंने समझाया... कोशिश करती हूं.... बट एक मां के हिसाब से सोचो तो वह ग़लत नहीं है..... वो हंड्रेड परसेन्ट तो मेरे साथ नहीं रहती.... बट.... अगर फ़िफ़्टी परसेन्ट भी मेरे साथ है, क्योंकि वह मां है.... तो मेरे लिए यही बहुत है.... क्योंकि मुझे पता है कि जो पचास परसेंट मेरे साथ नहीं है.... वो शायद एक बेटा का प्यार था जो मैं अपनी मां को नहीं दे पा रही; बट मैं हैप्पी हूं, क्योंकि मेरी मां का पचास परसेंट है और मां का आशीर्वाद दुनिया में सबसे क़ीमती होता है और वो मेरे साथ है।

ज़्यादातर लोग आपके समुदाय के बारे में अच्छी राय नहीं रखते... वे कहते हैं कि आपलोग ट्रेन में ज़बर्दस्ती....

देखिये, आपको भगवान ने पांच उंगलियां दी हैं तो सभी उंगलियां बराबर नहीं हैं। इसका मतलब यही है कि इंसान भी कभी बराबर नहीं हो सकते। ट्रांसजेंडर्स को लेकर एक मिसकन्सेप्शन लोगों में है कि हम तालियां बजाते हैं, ट्रेन में बेगिंग करते हैं और हमलोग बहुत बुरे होते हैं, हमें सिर्फ़ पैसों से मतलब होता है। मैं बहुत बार अच्छी–अच्छी जगह पर जाती हूं और बहुत सारे एजुकेटेड लोग अजीब सवाल करते हैं.... कि मैम, आपलोगों की ही तरह बहुत सारे लोग जो ट्रेन में मांगते हैं, वो तो बहुत बुरे होते हैं..... वे तालियां बजाते हैं.... अपने कपड़े.... ये.... करने लगते हैं.... नोचने लगते हैं.... मारने लगते हैं.... औरतों के साथ बदतमीज़ियां करते हैं.... और लोग ये भी बोलते हैं कि ट्रांसजेंडर और औरतों की कभी नहीं पटती.... वो बहुत चिढ़े हुए रहते हैं महिलाओं को लेकर के.....

अरे भाई, वो बेगिंग इसलिए कर रही हैं, वो ट्रेन में इसलिए मांग रही हैं, क्योंकि आपने नौकरी नहीं दी है.... क्योंकि आपने एजुकेशन नहीं दिया.... अगर आप उनको नौकरी और एजुकेशन दोगे तो किसी को अच्छा नहीं लगता है कि ठंड के दिन में, रात में ग्यारह–बारह बजे तक ठिठुरते हुए मांगो। ट्रेन में पैसा मांगने वाले को तो देखा, लेकिन वे ये नहीं देखते कि जब

वो पैसा मांग लेती हैं तो जाके कहां बैठती हैं.... वो जो बाथरूम का डब्बा रहता है, वहां पर बैठी रहती हैं साइड में.... वो ठंड के टाइम में ठिठुरती रहती हैं.... ये कोई नहीं देखता, लेकिन ये देखता है कि वो कितनी बदतमीज़ी से पैसा मांगती हैं। जब भूख लगती है ना तो इंसान दुनिया की सारी गाइडलाइन भूल जाता है और ज़िंदगी की अपनी गाइडलाइन बनाता है वो.... जिससे मेरा पेट भरे, वही सही है मेरे लिए....

ये सवाल थोड़ा व्यक्तिगत है, आप कहें तो पूछूं....

पूछिये सर, हमलोगों का क्या व्यक्तिगत और क्या सामाजिक....

उसके स्वर में भारी तल्ख़ी थी। मैं थोड़ा संकोच में पड़ गया, पूछूं या न पूछूं....

सॉरी सर जी, मैं थोड़ा रूड हो गई थी.... आप पूछो, जो भी पूछना चाहते हो....

वो बिल्कुल नॉर्मल थी।
हां, तो मैं ये कह रहा था कि आपको देखकर कोई आपकी पहचान नहीं बता सकता.... आप एक कमसिन, नाज़ुक—सी लड़की दिखती हैं...

थैंक्यू....

उसने प्रशंसा से ज़्यादा कृतज्ञता के साथ मेरी ओर देखते हुए कहा। मुझे लगा, वो थोड़ी शर्मायी भी.....

मैंने अपने फ़ेस का मैनेजमेंट करा रखा है बहुत—कुछ.... तो शायद मुझे देख के बहुत सारे लोगों को तो समझ में नहीं आता मेरे बारे में....जैसा कि आपको भी लगा.... फिर जबतक लोग

कुछ समझने को होते हैं तबतक मैं अपनी स्कूटी से आगे बढ़ जाती हूं.... हां, एक बात मैं बहुत प्राउड के साथ कहूंगी कि जहां भी मैं काम करती हूं वहां कोई एक बंदा भी ऐसा नहीं मिला जो मुझपर हंसा हो.... वे सब बहुत अच्छे हैं.... मुझे कभी डिस्क्रिमिनेशन फ़ेस नहीं करना पड़ा।

हां, मैं जब कभी रूरल एरिया में जाती हूं जहां गांव–देहात की औरतें हैं, वहां थोड़ा मुझे कभी–कभी फ़ील होता है कि कोई महिला है..... वो बहुत देर तक देखती रही..... फिर मेरी आवाज़ को सुनी..... बहुत देर ऑब्ज़र्व करने के बाद उसको लगा, अरे, ये कुछ तो गड़बड़ है..... फिर वो थोड़ा–सा मुस्कुराती हैं.... मैं इसको बिल्कुल पॉजिटिव लेती हूं.... पीड़ा तो होती है फिर भी.....

ये सब देखकर, अनुभव कर आपके एहसास... फ़ीलिंग्स...

नहीं.... मेरे एहसास पत्थर तो नहीं हो गए हैं.... शायद लोग ही पत्थर हो गए हैं। मेरी लाइफ़ का सबसे पीड़ा देने वाला समय वो था जब मेरे पापा मेरा साथ छोड़ कर चले गए थे.... मैं बहुत इमोशनल हूं..... रोने–धाने वाली.... जब मेरे पापा गए थे उस समय मेरा स्टडीज़ शुरू ही हुआ था..... मैंने अपनी लाइफ़ में एमबीए के लिए प्लान किया था कि मैं एमबीए करूंगी.... बट ऐसे मोमेंट पर पापा हाथ छोड़ कर के चले गए थे.... कहते हैं न कि ऊपर वाले ने जो लिखा है, उसको कोई नहीं मिटा सकता। उस समय मेरी लाइफ़ का सबसे ख़राब टाइम था और उसके बाद, उससे ज़्यादा ख़राब टाइम तब आया......

कहते हैं न कि सोसायटी..... पता नहीं क्या...... लोग घूमते रहते हैं..... कहानी बनाते रहते हैं..... कि इनको ऐसा करना है.... इनको ऐसा करना है....

उनलोगों ने क्या प्लान किया कि मेरी प्रॉपर्टीज़ थी गांव की..... किसी के देहांत होने के बाद जो पार्थिव शरीर का काम–क्रिया होता है, उसमें उन लोगों ने प्लान बनाया कि इनकी जो प्रॉपर्टीज़ है..... खेत की..... जो पुश्तैनी–ट्रेडिशनल एसेट्स होते हैं..... उसको अपने नाम पर करने के लिए। मेरे पिताजी बोले थे

कि मरने के बाद मेरी लाश को गायत्री परिवार में दे देना और 5000 रुपये देकर जलवा देना..... पर ज़मीन मत बेचना....।

बहुत खराब समय था हमारा.... मुझे अपने एमबीए के लिए जो थोड़ा–बहुत पैसा था, उसको तोड़ना पड़ा.... उसको लगाना पड़ा पर उससे भी नहीं हुआ.... वो मेरी लाइफ का सबसे ख़राब फ़ेज था जब मुझे कुछ नहीं समझ में आ रहा था..... हमलोगों के हाथ से सबकुछ ख़त्म हो रहा था....।

मेरी मां मेरे लिए हमेशा मां दुर्गा बनके खड़ी रही है... उसने हमेशा मेरे लिए छतरी का काम किया है.... बट वो पीरियड मेरे लिए बहुत ही डेंजेरस था...।

पटना में जब मैंने ये प्रॉब्लम अपनी फ्रेंड से शेयर किया तो उसने मुझे एक अलग रास्ता बताया।

तब एक अलग कहानी, एक अलग जर्नी शुरू हुई..... और वो थी प्रोग्राम करने की.... जो शादी वगैरा में डांस करते हैं..... जो प्रोग्राम करते हैं....। तो बाई लुक मैं तो ठीक–ठाक ही लगती हूं... अब लोगों को क्या लगती हूं, नहीं पता....

उसने मुझे ये बोला कि तुम डांस वगैरह कर लो, रात का ऑर्केस्ट्रा रहता है.... उसमें लड़कियों के साथ....। उसने अपने मालिक से मेरी बात कराई.... वहां पर भी मुझे सोसाइटी का एक नया चेहरा दिखा.... कि जो लोग शादी में लड़कियों को डांस करने के लिए ले जाते हैं, वहां ऐसे ट्रांसजेंडर को नचवा देते हैं जिन्हें देखने से पता नहीं चले कि वह बाइलॉजिकली फीमेल नहीं है....। फिर मैं वहां पर गई और ये सिलसिला शुरू हुआ... और मैंने पैसा कमाना शुरू किया। और वहीं से मेरी ये जो ट्रांसजेंडर की असली ज़िंदगी है वो शुरू होती है.... मेरी ज़िंदगी का संघर्ष यहां से शुरू होता है।

मैं समझ गई थी कि क्या करना है। उस समय मेरी लाइफ़ में कोई नहीं था.... एक पूरा सीजन जो शादी का होता है,

वो किया था.... जब मैं आज की डेट में पलट के देखती हूं उस टाइम को तो वह मेरे लिए सबसे बुरा समय था।

अभी भी जब भी मैं शादी वगैरह में प्रोग्राम करने के लिए जाती हूं तो एक चीज़ है जो मुझे बहुत बुरी लगती है...... लोग कभी शायद इस चीज़ को समझ नहीं पाएं..... और मैं क्या बोलूं...... मैं ट्रांसजेंडर हूं तो मेरे अंदर भी दिल है.... मुझे भी किसी से प्यार हो सकता है.... मेरे अंदर भी मेरी बहुत–सारी इच्छाएं हैं..... कि मेरी भी शादी हो..... बट, मुझे किसी ने बोला था कि जो लोग दूसरों की शादियों में नाचते हैं, उनकी शादी कभी नहीं होती..... तो मैं जब भी प्रोग्राम में जाती हूं तो मुझे एहसास होता है कि शायद ये बोलना सही है.... शायद इंतज़ार इंतज़ार ही रह जाएगा, हमेशा के लिए......

आपने कहा कि उस समय आपकी लाइफ़ में कोई नहीं था.... अब..... कोई मिला.....

अभी मेरी लाइफ़ में ऐसा तो कोई नहीं है.... बट मेरा एक फ्रेंड है..... ब्वॉयफ्रेंड नहीं कहूंगी.... फ्रेंड है.... वो मेरे लिए.... आप कह सकते हो कि.... क्या कहते हैं उसको...... प्रोटेक्टर का काम करता है वो मेरे लिए..... मेरी जो भी प्रॉब्लम होती हैं, वो खुद वो चीज़ हैंडल कर देता है। मुझे आगे बढ़ना है, कुछ बनना है, जैसा कि हरेक इन्सान की चाहत होती है.....

कहां और क्या बनना है, मुझे नहीं पता; क्योंकि शायद कोई बताने वाला नहीं है.... बहुत चीज़ करने की इच्छा है, लेकिन समझ में ही नहीं आता कि कहां से शुरुआत करें..... कौन बताएगा. .... कौन क्या करेगा..... क्योंकि ट्रांसजेंडर्स पर बहुत सारे लोग हंसने वाले मिल जाते हैं.... बोलने वाले मिल जाते हैं..... पर फ़ैक्ट ये है कि न बाप मिलता है, न कोई भाई......!

अच्छा, अब अंतिम प्रश्न जो मैं आप सब लोगों से एकसाथ पूछने जा रहा हूं, इसलिये कि मुझे लगता है, आप सभी के पास इसका एक ही जवाब होगा।

''जी सर जी, पूछिये....'' रंजू ने फौरन कहा।

''हां.... हां, बिल्कुल पूछिये,'' तान्या ने रंजू का समर्थन किया।

कुछ अरसा पहले अंशु का मर्डर हुआ था और मुझे पता है कि आप लोगों की कम्युनिटी में पहले भी ऐसे हादसे होते रहे हैं। आख़िर क्यों होता है ऐसा। अंशु क्यों और कैसे मरी, इसका पता आज तक नहीं चला। तो कुछ तो कारण होगा ऐसी हत्याओं के पीछे....।

सोनिका

देखिये सर जी, हमलोगों की ज़िंदगी ऐसेइच है.... मरी हुई, सड़ी हुई.... हम प्यार की भूखी होती हैं साहब। जहां मिलता है, दोनों हाथों से बटोर लेना चाहती हैं.... पर जो प्यार देने वाला होता है न, ज़्यादातर मतलब का यार होता है। जबतक उसको हम पैसा देती रहें, जिस्म देती रहें, तबतक सब चकाचक; पर जैसे ही इसमें आनाकानी की तो सीधे खल्लास.... पर क्या करें, लाचारी है कि ऐसे लोगों का हम कुछ कर नहीं पातीं। यही बात है साहब। हम अपने लोगों को जगा तो रही हैं, पर कब जागेंगी, कह नहीं सकते.....।

सोनिका के इस अंतिम वाक्य में पता नहीं क्या था— घृणा, दर्द, बेबसी— या सब का मिला–जुला भाव, पर कुछ ऐसा था कि इसके आगे कुछ कहा, कुछ पूछा नहीं जा सकता था। मैंने श्रुति को इशारा किया कि सबके 'कॉर्डलेस' निकाल दे।

हमें एक सनसनी–भरी कहानी मिल गई थी, जिससे चैनल की टीआरपी बढ़ने की पूरी संभावना थी। हम वहां से वापस लौट रहे थे और गाड़ी में हमारे बीच एक अजीब, पथराई–सी चुप्पी आकर पसर गई थी।
                                                ● ● ●